Petits Classiques
LAROUSSE

Collection fondée par Félix Guirand,
Agrégé des Lettres

Déclaration des droits de la femme et de la citoyenne

Olympe de Gouges

1791

Texte intégral

Édition présentée,
annotée et commentée
par Anne-Laure Romeur,
professeure de lettres modernes

Direction de la publication : Carine Girac-Marinier
Direction éditoriale : Julie Pelpel-Moulian
Édition : Laurent Girerd
Lecture-correction : Élisabeth Le Saux
Direction artistique : Uli Meindl
Couverture et maquette intérieure : Serge Cortesi, Sophie Rivoire, Uli Meindl
Mise en pages : Marie-Noëlle Tilliette
Responsable de fabrication : Marc Chabrier

ISBN : 978-2-03-600469-6

SOMMAIRE

L'essentiel sur l'auteure

Sa vie :
Marie Gouze est née le 7 mai 1748, à Montauban. En 1770, elle prend le nom de plume d'Olympe de Gouges. Elle emprunte alors son prénom à sa mère et son patronyme serait une combinaison de son nom de jeune fille et de « Gourges », employeur de son mari. Elle est guillotinée à Paris le 3 novembre 1793.

Ol[...]
de [...]

Une œuvre abondante et engagée :
des essais :
Réflexions sur les hommes nègres (1788),
Lettre au peuple ou Projet d'une caisse patriotique (id.),
Le Bonheur primitif de l'homme ou les Rêveries patriotiques (1789) ;
une brochure : *Le Cri du sage, par une femme* (1789) ;
des pièces de théâtre :
Molière chez Ninon ou le Siècle des grands hommes (1788),
Le Philosophe corrigé ou le Cocu supposé (id.), *Le Couvent ou les Vœux forcés* (1790), *L'Entrée de Dumourier à Bruxelles ou les Vivandiers* (1793) ;
un roman, *Le Prince philosophe* (1792) ;
une affiche, *Les Trois Urnes ou le Salut de la patrie* (1793).
La Déclaration des droits de la femme et de la citoyenne (1791) est son œuvre la plus connue.

Famille :
sa mère, Anne Olympe Mouisset, épouse Pierre Gouze, boucher, qui meurt en 1750. Marie est une enfant adultérine ; son père est le poète, dramaturge et académicien Jean-Jacques Lefranc de Pompignan (1709-1784). À 17 ans, elle épouse sans grand enthousiasme Louis Yves Aubry, traiteur, qui meurt en 1766, quelques mois après la naissance de leur fils Pierre. Aubry était bien plus âgé qu'elle et le mariage lui avait été imposé.

npe
uges

Une carrière de romancière et de dramaturge :
en 1788, elle publie un roman, épistolaire et autobiographique, *Mémoire de Madame de Valmont*, ainsi qu'une pièce de théâtre, *Le Mariage inattendu de Chérubin*. Ses pièces, saluées par la critique, ont du mal à être représentées, à l'instar de *Zamore et Mirza ou l'Heureux Naufrage* (1785) qui ne sera jouée qu'en 1789 sous le titre *L'Esclavage des Noirs ou l'Heureux Naufrage.*

Repères chronologiques

Vie et œuvre d'Olympe de Gouges

1748
Naissance à Montauban de Marie Gouze.

1765
Épouse Louis Yves Aubry.

Événements politiques et culturels

1748
De l'esprit des lois de Montesquieu.

1751-1772
Encyclopédie ou Dictionnaire raisonné des sciences, des arts et des métiers.

1755
Discours sur l'origine et les fondements de l'inégalité parmi les hommes de Rousseau.
Mort de Montesquieu.

1761
Julie ou la Nouvelle Héloïse de Rousseau.

1762
Émile ou De l'éducation et *Du contrat social* de Rousseau.

…issance de son …, Pierre.

…rt de son mari.

1766

1770

Marie Gouze s'installe à Paris et prend pour nom de plume Olympe de Gouges.

…té de …s …ttant … la …rre de …t Ans …56-1763).

1763

Mort de Louis XV.

Avènement de Louis XVI.

1774

Mort de Rousseau et de Voltaire.

1778

Tableau de Paris de Louis Sébastien Mercier.

Les Liaisons dangereuses de Choderlos de Laclos.

1781

1782

Traité de Versailles mettant fin aux guerres opposant la France, la Grande-Bretagne, l'Espagne et les Provinces-Unies.

1783

Repères chronologiques

Vie et œuvre d'Olympe de Gouges

1785

Zamore et Mirza ou l'Heureux Naufrage.

1788

Mémoire de Madame de Valmont.

Le Mariage inattendu de Chérubin.

Réflexions sur les hommes nègres.

Lettre au peuple ou Projet d'une caisse patriotique.

Molière chez Ninon ou le Siècle des grands hommes.

1789

Le Cri du sage, par une femme.

Événements politiques et culturels

1784

Mort de Diderot.

Le Mariage de Figaro de Beaumarchais.

1789

Révolution française.

Déclaration des droits de l'homme et du citoyen.

1790

Le Couvent ou les Vœux forcés.

1791

Déclaration des droits de la femme et de la citoyenne.

1793

Les Trois Urnes ou le Salut de la patrie.

Arrêtée comme Girondine le 20 juillet puis emprisonnée.

Condamnée à mort le 2 novembre.

Guillotinée le 3 novembre.

1791

Mort de Mirabeau.

Vote de la Constitution le 3 septembre.

Abolition de la royauté.

An I de la République.

1792

Bataille de Valmy.

1793

Exécution de Louis XVI et de Marie-Antoinette.

Assassinat de Marat par Charlotte Corday.

L'essentiel sur l'œuvre

Auteure :
Olympe de Gouges (XVIIIe siècle).

Forme :
texte en prose.

Genre :
littérature d'idées ; argumentation directe.

Objet d'étude :
la littérature d'idées du XVIe au XVIIIe siècle.

Registres :
oratoire, pour marquer les esprits ; polémique, satirique et ironique, pour le ton critique ; épidictique (registre de l'éloge et du blâme).

Déclar
droits d
et de la

Structure :
les dix-sept articles de la *Déclaration des droits de la femme et de la citoyenne* sont précédés d'une adresse à la reine Marie-Antoinette, d'une apostrophe à l'homme et d'un préambule. La *Déclaration* est suivie d'un postambule contenant un texte intitulé *Forme du contrat social de l'homme et de la femme*.

Sujet :
Olympe de Gouges défend l'égalité entre les hommes et les femmes en plaidant en faveur des droits des femmes et en réhabilitant leur place dans la société. À l'instar de l'homme, la femme est une citoyenne qui doit avoir des droits politiques, comme celui de pouvoir monter s'exprimer à la « tribune » et de voter ; des droits juridiques, en étant traitée équitablement devant la loi ; des droits sociaux, avec le partage des fortunes et l'accès à l'administration publique. L'auteure y aborde aussi l'éducation des filles, la reconnaissance et les droits des enfants naturels (nés hors mariage) et les droits des « filles publiques » (les prostituées). À ce titre, Olympe de Gouges est considérée aujourd'hui comme une pionnière du féminisme.

on des
, femme
toyenne

Publication :
la *Déclaration des droits de la femme et de la citoyenne* – publiée le 14 septembre 1791 dans la brochure *Les Droits de la femme* – fait écho à la Déclaration des droits de l'homme et du citoyen, adoptée le 26 août 1789.

L'œuvre dans son siècle

✣ Le contexte historique et politique

1789-1793 : de la Révolution à la Ire République

Depuis que Louis XVI est monté sur le trône, accompagné de sa femme Marie-Antoinette en 1774, diverses crises économiques, politiques et sociales menacent la monarchie absolue. Mais c'est véritablement l'année 1789 qui fait basculer l'histoire de France. Les tensions politiques se doublent de tensions sociales et, le 14 juillet, des émeutiers investissent la Bastille, prison d'État emblématique de la monarchie absolue et de l'arbitraire royal. Ces insurrections marquent l'effondrement de l'autorité monarchique. Dans les campagnes, les paysans demandent des comptes aux privilégiés et multiplient les actes de violence : c'est la Grande Peur. Le 4 août, l'Assemblée constituante abolit les privilèges et rachète les droits féodaux : c'est la fin de l'Ancien Régime. Le 6 octobre, la famille royale quitte Versailles pour Paris et le pouvoir se partage désormais entre le roi et l'Assemblée constituante. De 1789 à 1792, la monarchie constitutionnelle est établie. Avec la Révolution, les Français ne sont plus les sujets du roi : ils deviennent des citoyens dotés de droits et de libertés. Dans la nuit du 20 au 21 juin 1791, Louis XVI tente de s'enfuir mais il est arrêté à Varennes ; de retour à Paris le 25, il sera suspendu. Le 10 août 1792, la prise des Tuileries par le peuple parisien marque la chute définitive de la monarchie et les débuts de la république. Le 21 septembre, la Convention nationale déclare que « la royauté est abolie en France ». L'an I de la République est proclamé dès le lendemain. Le 11 décembre 1792, le procès de Louis XVI a lieu, sa mort est votée et le roi est exécuté le 21 janvier 1793. Marie-Antoinette est guillotinée le 16 octobre.

Les femmes au temps de la Révolution : « En avant toutes ! »

Les femmes s'engagent dans la Révolution. Ainsi, une foule majoritairement féminine marche vers Versailles pour demander du pain au roi, le 5 octobre 1789 ; le lendemain, cette même foule escorte la famille royale pour rejoindre Paris. L'une des figures féminines de ce convoi est Théroigne de Méricourt[1], que l'on retrouve aux côtés d'Olympe de Gouges dans les rangs du défilé de femmes lors de la fête de la Fédération, le 14 juillet 1792. Olympe de Gouges, qui, la première, obtient que les femmes soient admises dans une cérémonie à caractère national, y assiste dans l'optique de montrer que celles-ci peuvent apporter leur contribution à l'action révolutionnaire. Le 10 août 1792, Théroigne de Méricourt est l'une des premières à pénétrer dans les Tuileries, le sabre à la main. Elle exprime son extrême détermination dans un discours prononcé en 1792 : « Armons-nous, nous en avons le droit par la nature et même par la loi. Montrons aux hommes que nous ne leur sommes inférieures ni en vertus ni en courage. » L'attaque des Tuileries est conduite par l'actrice et militante révolutionnaire Claire Lacombe (1765-1798),

> *Armons-nous, nous en avons le droit par la nature et même par la loi.*
>
> Théroigne de Méricourt, 1792.

1. **Anne Josèphe Théroigne de Méricourt (1762-1817)** : femme politique liégeoise. Elle sombra dans la folie lorsqu'un jour de 1793 elle fut fessée en public et humiliée en tant que femme.

qui, par ailleurs, au début de la Terreur en mai 1793, fonde la Société des citoyennes révolutionnaires républicaines. Mais, le 30 octobre, les rassemblements de plus de cinq femmes sont interdits et les associations et clubs féminins sont dissous.

D'aucuns, à l'instar de Mirabeau, rappellent que la Révolution française doit beaucoup aux femmes, et Olympe de Gouges a toujours milité pour que leur participation active lors de cette période soit reconnue.

Le comte de Mirabeau

Ami d'Olympe de Gouges, Mirabeau (1749-1791) est un homme politique et une figure de la Révolution française. Elle composa son oraison funèbre et leur amitié lui inspira une comédie, *Mirabeau aux Champs-Élysées* (1791).

Olympe de Gouges, une militante

Une femme engagée au péril de sa vie

L'action contestataire d'Olympe de Gouges se diffuse dans ses affiches revendicatrices et ses pamphlets. Son engagement en faveur d'une monarchie constitutionnelle étant pacifiste, elle prône une révolution non violente et dénonce les effusions de sang dans une lettre datée de 1792 : « Quand j'ai vu, à l'époque de la Révolution, les Français plus licencieux que libres, et que l'insurrection, trop nécessitée, allait commander au crime, je me suis jetée entre les assassins et les victimes. » Lors du procès de Louis XVI, Olympe de Gouges se propose de défendre ce dernier : « Je crois Louis fautif comme roi, mais dépouillé de ce titre proscrit, il cesse d'être coupable aux yeux de la République. »[1] Cette défense est vivement condamnée et lui vaut des menaces.

1. Citation extraite d'une lettre issue de ses *Écrits politiques* (tome II), Côté-femmes, 1993.

Olympe de Gouges dénonce aussi les excès de la Terreur, ce qui lui attire les foudres de Robespierre (1758-1794). Si ses seules armes sont ses mots, alors ils signeront son arrêt de mort puisque, à la suite de la publication de son affiche *Les Trois Urnes ou le Salut de la patrie* (1793), elle sera arrêtée comme Girondine, emprisonnée[1] et guillotinée. On lui reproche d'injurier les représentants du peuple, d'être contre-révolutionnaire et antirépublicaine. En effet, elle propose notamment la tenue d'un référendum pour que le peuple choisisse entre une république une et indivisible, une république fédéraliste ou le retour à la monarchie constitutionnelle.

> « *Quand j'ai vu, à l'époque de la Révolution, les Français plus licencieux que libres, et que l'insurrection, trop nécessitée, allait commander au crime, je me suis jetée entre les assassins et les victimes.*
>
> Olympe de Gouges, 1792. »

Sa mort sert à ses détracteurs pour prévenir les femmes qu'elles ne doivent pas se mêler de politique et tenir leur rang. Ainsi, Chaumette (1763-1794), procureur de la Commune de Paris, déclare : « Rappelez-vous cette virago, cette *femme-homme*, l'impudente Olympe de Gouges qui, la première, institua des sociétés de femmes, qui abandonna les soins de son ménage pour se mêler des affaires de la République, et dont la tête est tombée sous le fer vengeur des lois. »

---

1. De sa cellule, elle parvient tout de même à faire afficher deux textes, *Une patriote persécutée et Olympe de Gouges au tribunal révolutionnaire.*

Une femme porte-parole des opprimés

« On la croyait mondaine et parisienne, elle est militante et universelle », déclare le philosophe Michel Onfray[1]. Effectivement, Olympe de Gouges est une femme engagée, comme elle le souligne elle-même dans une lettre à un ami, en 1790 : « Il est dans mon caractère de me ranger dans le parti du plus faible et de l'opprimé. » Ainsi, elle est l'une des premières à dénoncer l'esclavage en France et à défendre l'égalité des races dans une pièce de théâtre engagée, *Zamore et Mirza ou l'Heureux Naufrage*. En outre, elle est amie avec Brissot (1754-1793), homme politique français, fondateur de la Société des amis des Noirs, qui défend l'idée de l'abolition de l'esclavage, et avec Condorcet (1743-1794), philosophe et homme politique, qui élabore les fondements théoriques et philosophiques de l'émancipation des Noirs. Dans ses *Réflexions sur les hommes nègres* (1788), où elle prône l'abolition de l'esclavage, Olympe de Gouges écrit : « L'espèce d'hommes nègres m'a toujours intéressée à son déplorable sort... En avançant en âge, je vis clairement que c'étaient la force et le préjugé qui les avaient condamnés à cet horrible esclavage, que la nature n'y avait aucune part et que l'injuste intérêt des Blancs avait tout fait. » Dans son *Discours de l'aveugle aux Français* (1789), elle dénonce la misère du peuple et désire

« *Il est dans mon caractère de me ranger dans le parti du plus faible et de l'opprimé.* »

Olympe de Gouges, 1790.

1. *La Force du sexe faible. Contre-histoire de la Révolution française,* Autrement, 2016.

prendre des mesures sociales. Ses écrits reflètent son désir d'une justice sociale, comme le prouve son pamphlet *Lettre au peuple ou Projet d'une caisse patriotique* (1788). Elle y plaide en faveur de Louis XVI, arguant que le déficit de la France est dû à ses prédécesseurs, et souhaite qu'un impôt volontaire se mette en place ; elle en appelle à l'effort national sous forme de dons en espèces ou en nature. Elle réfléchit aussi à la création d'un impôt sur la fortune, qui permettrait de financer des réformes sociales évoquées dans *Remarques patriotiques* (1788) : un projet de loi sur le divorce, la légitimation des enfants naturels, l'arrêt des mariages imposés, le droit à l'éducation des filles et l'accès à davantage de métiers pour les femmes.

> “*Le mariage est le tombeau de la confiance et de l'amour.*”
> Olympe de Gouges, 1791.

La *Déclaration*, une œuvre revendicatrice des droits des femmes

Le droit à la liberté

Au XVIIIe siècle, les femmes sont cantonnées à la sphère privée : elles doivent se borner à leurs rôles d'épouse et de mère. D'ailleurs, les femmes n'ont pas d'autres choix que d'avoir une vie familiale ou alors de s'afficher comme des femmes galantes, aux mœurs légères. Olympe de Gouges devient une femme libre après la mort de son mari et mène une vie mondaine, sans jamais se remarier, car « le mariage est le tombeau de la confiance et de l'amour » (postambule à la *Déclaration des droits de la femme et de la citoyenne*).

En outre, les femmes n'ont pas à agir dans la vie politique. En 1791, Louis Marie Prudhomme (1753-1830), journaliste pamphlétaire révolutionnaire, écrit : « Une femme n'est bien à sa place que dans sa famille ou dans son ménage. De tout ce qui se passe hors de chez elle, elle ne doit savoir que ce que ses parents ou son mari jugent à propos de lui apprendre. » Même une figure emblématique de la Révolution française, à savoir Manon Roland (1754-1793), en réponse à un sujet imposé par l'académie de Besançon en 1789 (« Comment l'éducation des femmes pourrait contribuer à rendre les hommes meilleurs ? »), déclare : « Je ne crois pas que nos mœurs permettent encore aux femmes de se montrer, elles doivent inspirer le bien [...] mais non paraître concourir à l'œuvre politique. »

> *La femme a le droit de monter sur l'échafaud ; elle doit avoir également celui de monter à la tribune.*
>
> Olympe de Gouges, 1791.

Lors de la Révolution, les femmes qui veulent se faire entendre ont surtout écrit dans les cahiers de doléances, notamment pour réclamer un droit à l'éducation des filles ou pour demander un droit au travail. Mais les femmes qui souhaitent améliorer leurs conditions sont peu nombreuses à pouvoir en parler, car elles n'ont pas accès à la tribune ; ce qui est un comble, comme le souligne Olympe de Gouges dans sa *Déclaration* : « La femme a le droit de monter sur l'échafaud ; elle doit avoir également celui de monter à la tribune. »

Le droit à la reconnaissance

Olympe de Gouges désire, avant tout, que les femmes aient plus de libertés et de droits, car leurs espoirs n'étaient pas

> *Tous n'ont-ils pas violé le principe de l'égalité des droits en privant tranquillement la moitié du genre humain de celui de concourir à la formation des lois, en excluant les femmes du droit de cité ?*
>
> Nicolas de Condorcet, 1790.

comblés par la Révolution. En effet, si elles gagnent des libertés individuelles, elles n'ont toujours aucun droit politique : l'inégalité des droits entre les hommes et les femmes demeure. Et ce n'est pas la Déclaration des droits de l'homme et du citoyen[1], adoptée le 26 août 1789, qui change la donne puisqu'elle omet une partie de la population française. Effectivement, la femme n'a pas le droit de cité, c'est-à-dire qu'elle n'est pas considérée comme une citoyenne à part entière, qui aurait des droits civils et politiques, comme le droit de vote, le droit de propriété ou encore des droits professionnels. Condorcet, pionnier de la défense des droits des femmes et de l'égalité entre les sexes, écrit un texte capital, *Sur l'admission des femmes au droit de cité* (1790), dans lequel il s'en indigne : « Par exemple, tous n'ont-ils pas violé le principe de l'égalité des droits en privant tranquillement la moitié du genre humain de celui de concourir à la formation des lois, en excluant les femmes du droit de cité ? »

C'est dans ce contexte que, en septembre 1791, Olympe de Gouges rédige le premier document juridique en faveur des femmes, la *Déclaration des droits de la femme et de la citoyenne*.

---

1. Après de longs débats et conformément aux vœux exprimés dans les cahiers de doléances, l'Assemblée constituante vote la Déclaration des droits de l'homme et du citoyen, qui doit précéder la rédaction de la Constitution.

L'œuvre dans son siècle

Ce texte polémique est un appel à se mobiliser, un véritable plaidoyer en faveur des femmes et de leurs droits, un réquisitoire contre la suprématie des hommes. Même si cette *Déclaration*, présentée à l'Assemblée nationale le 28 octobre, est rejetée, elle a sûrement ouvert la voie à de nombreux changements dans la société. Ainsi, en 1791, le mariage devient un contrat civil déclarant l'égalité des droits entre l'homme et la femme ; en septembre 1792, la loi sur le divorce est votée et, en juin 1793, celle en faveur des mères célibataires. Cependant, la Convention déchoit les femmes de leur statut de citoyennes en 1793, et le Code Napoléon de 1804, qui regroupe les lois relatives au droit civil français, stoppe net ces avancées sociales.

Déclaration des droits de la femme et de la citoyenne

Olympe de Gouges

1791

Texte intégral

Lesueur, *Club patriotique de femmes*.
(© Musée Carnavalet / Paris Musées.)

À la reine[1]

Madame,

Peu faite au langage que l'on tient aux rois, je n'emploierai point l'adulation des courtisans pour vous faire hommage de cette singulière production. Mon but, Madame, est de vous parler franchement ; je n'ai pas attendu, pour m'exprimer ainsi, l'époque de la liberté[2] : je me suis montrée avec la même énergie dans un temps où l'aveuglement des despotes[3] punissait une si noble audace.

Lorsque tout l'Empire vous accusait[4] et vous rendait responsable de ses calamités, moi seule, dans un temps de trouble et d'orage, j'ai eu la force de prendre votre défense. Je n'ai jamais pu me persuader qu'une princesse, élevée au sein des grandeurs, eût tous les vices de la bassesse.

Oui, Madame, lorsque j'ai vu le glaive levé sur vous, j'ai jeté mes observations entre ce glaive et la victime ; mais aujourd'hui que je vois qu'on observe de près

---

1. Marie-Antoinette (1755-1793), épouse du roi Louis XVI, est reine de France de 1774 à 1792.
2. Il est fait ici référence à la période post-révolutionnaire, après la Révolution française de 1789.
3. Allusion à tous ceux qui ont entravé la liberté d'expression.
4. Marie-Antoinette est accusée d'épuiser les finances du royaume par ses nombreuses dépenses.

la foule de mutins[1] soudoyée, et qu'elle est retenue par la crainte des lois, je vous dirai, Madame, ce que je ne vous aurais pas dit alors.

Si l'étranger porte le fer en France, vous n'êtes plus à mes yeux cette reine faussement inculpée, cette reine intéressante, mais une implacable ennemie des Français. Ah ! Madame, songez que vous êtes mère et épouse ; employez tout votre crédit pour le retour des princes. Ce crédit, si sagement appliqué, raffermit la couronne du père, la conserve au fils, et vous réconcilie l'amour des Français. Cette digne négociation est le vrai devoir d'une reine. L'intrigue, la cabale[2], les projets sanguinaires précipiteraient votre chute, si l'on pouvait vous soupçonner capable de semblables desseins.

Qu'un plus noble emploi, Madame, vous caractérise, excite votre ambition, et fixe vos regards. Il n'appartient qu'à celle que le hasard a élevée à une place éminente, de donner du poids à l'essor des droits de la femme, et d'en accélérer les succès. Si vous étiez moins instruite, Madame, je pourrais craindre que vos intérêts particuliers ne l'emportassent sur ceux de votre sexe. Vous aimez la gloire : songez, Madame, que les plus grands crimes s'immortalisent comme les plus grandes vertus ; mais quelle différence de célébrité dans les fastes de l'histoire ! L'une est sans cesse prise pour exemple, et l'autre est éternellement l'exécration[3] du genre humain.

---

1. **Mutin :** personne en révolte contre l'autorité.
2. **Cabale :** manœuvres secrètes.
3. **Exécration :** répulsion extrême.

On ne vous fera jamais un crime de travailler à la restauration des mœurs, à donner à votre sexe toute la consistance dont il est susceptible. Cet ouvrage n'est pas le travail d'un jour, malheureusement pour le nouveau régime[1]. Cette révolution ne s'opérera que quand toutes les femmes seront pénétrées de leur déplorable sort, et des droits qu'elles ont perdus dans la société. Soutenez, Madame, une si belle cause ; défendez ce sexe malheureux, et vous aurez bientôt pour vous une moitié du royaume, et le tiers au moins de l'autre.

Voilà, Madame, voilà par quels exploits vous devez vous signaler et employer votre crédit. Croyez-moi, Madame, notre vie est bien peu de chose, surtout pour une reine, quand cette vie n'est pas embellie par l'amour des peuples, et par les charmes éternels de la bienfaisancc.

S'il est vrai que des Français arment contre leur patrie toutes les puissances ; pourquoi ? Pour de frivoles prérogatives[2], pour des chimères[3]. Croyez, Madame, si j'en juge par ce que je sens, le parti monarchique se détruira de lui-même, qu'il abandonnera tous les tyrans, et tous les cœurs se rallieront autour de la patrie pour la défendre.

Voilà, Madame, voilà quels sont mes principes. En vous parlant de ma patrie, je perds de vue le but de

1. Le 3 septembre 1791, la Constitution française met en place un régime libéral pour la première fois en France et institue la monarchie constitutionnelle.
2. **Prérogative** : avantage, privilège.
3. **Chimère** : projet irréalisable, illusion.

cette dédicace. C'est ainsi que tout bon citoyen sacrifie sa gloire, ses intérêts, quand il n'a pour objet que ceux de son pays.

Je suis avec le plus profond respect,
Madame,

Votre très humble et très obéissante servante,

De Gouges.

Homme, es-tu capable d'être juste ? C'est une femme qui t'en fait la question ; tu ne lui ôteras pas du moins ce droit. Dis-moi ? Qui t'a donné le souverain empire d'opprimer mon sexe ? Ta force ? Tes talents ? Observe le Créateur[1] dans sa sagesse ; parcours la nature dans toute sa grandeur, dont tu sembles vouloir te rapprocher, et donne-moi, si tu l'oses, l'exemple de cet empire tyrannique.

Remonte aux animaux, consulte les éléments, étudie les végétaux, jette enfin un coup d'œil sur toutes les modifications de la matière organisée ; et rends-toi à l'évidence quand je t'en offre les moyens ; cherche, fouille et distingue, si tu le peux, les sexes dans l'administration de la nature. Partout tu les trouveras confondus, partout ils coopèrent avec un ensemble harmonieux à ce chef-d'œuvre immortel.

L'homme seul s'est fagoté[2] un principe de cette exception. Bizarre, aveugle, boursouflé de sciences et dégénéré, dans ce siècle de lumières[3] et de sagacité[4], dans l'ignorance la plus crasse, il veut commander en despote sur un sexe qui a reçu toutes les facultés intellectuelles ; il prétend jouir de la révolution, et réclamer ses droits à l'égalité, pour ne rien dire de plus.

---

1. **Le créateur :** Dieu.
2. **S'est fagoté :** s'est composé à la hâte et sans art.
3. Le siècle des Lumières désigne le XVIIIe siècle.
4. **Sagacité :** perspicacité.

DÉCLARATION DES DROITS DE LA FEMME ET DE LA CITOYENNE,

À décréter par l'Assemblée nationale dans ses dernières séances ou dans celle de la prochaine législature[1].

PRÉAMBULE

Les mères, les filles, les sœurs, représentantes de la nation, demandent d'être constituées en Assemblée nationale.

Considérant que l'ignorance, l'oubli ou le mépris des droits de la femme, sont les seules causes des malheurs publics et de la corruption des gouvernements, ont résolu d'exposer dans une déclaration solennelle, les droits naturels, inaliénables et sacrés de la femme, afin que cette déclaration, constamment présente à tous les membres du corps social, leur rappelle sans cesse leurs droits et leurs devoirs, afin que les actes du pouvoir des femmes, et ceux du pouvoir des hommes pouvant être à chaque instant comparés avec le but de toute institution politique, en soient plus respectés, afin que les réclamations des citoyennes, fondées désormais sur des principes simples et incontestables, tournent toujours au maintien de la Constitution, des bonnes mœurs, et au bonheur de tous.

En conséquence, le sexe supérieur en beauté comme en courage, dans les souffrances maternelles, reconnaît et

1. Cette déclaration fut présentée et débattue à l'Assemblée nationale le 28 octobre 1791 ; elle fut rejetée.

déclare, en présence et sous les auspices de l'Être suprême[1], les droits suivants de la femme et de la citoyenne.

ARTICLE PREMIER.

La femme naît libre et demeure égale à l'homme en droits. Les distinctions sociales ne peuvent être fondées que sur l'utilité commune.

II.

Le but de toute association politique est la conservation des droits naturels et imprescriptibles de la femme et de l'homme : ces droits sont la liberté, la propriété, la sûreté, et surtout la résistance à l'oppression.

III.

Le principe de toute souveraineté réside essentiellement dans la nation, qui n'est que la réunion de la femme et de l'homme : nul corps, nul individu, ne peut exercer d'autorité qui n'en émane expressément.

IV.

La liberté et la justice consistent à rendre tout ce qui appartient à autrui ; ainsi l'exercice des droits naturels de la femme n'a de bornes que la tyrannie perpétuelle que l'homme lui oppose ; ces bornes doivent être réformées par les lois de la nature et de la raison.

1. **L'Être suprême :** Dieu.

V.

Les lois de la nature et de la raison défendent toutes actions nuisibles à la société : tout ce qui n'est pas défendu par ces lois, sages et divines, ne peut être empêché, et nul ne peut être contraint à faire ce qu'elles n'ordonnent pas.

VI.

La loi doit être l'expression de la volonté générale ; toutes les citoyennes et citoyens doivent concourir personnellement, ou par leurs représentants, à sa formation ; elle doit être la même pour tous : toutes les citoyennes et tous les citoyens, étant égaux à ses yeux, doivent être également admissibles à toutes dignités, places et emplois publics, selon leurs capacités, et sans autres distinctions que celles de leurs vertus et de leurs talents.

VII.

Nulle femme n'est exceptée ; elle est accusée, arrêtée et détenue dans les cas déterminés par la loi. Les femmes obéissent comme les hommes à cette loi rigoureuse.

VIII.

La loi ne doit établir que des peines strictement et évidemment nécessaires et nul ne peut être puni qu'en vertu d'une loi établie et promulguée antérieurement au délit et légalement appliquée aux femmes.

IX.

Toute femme étant déclarée coupable, toute rigueur est exercée par la loi.

X.

Nul ne doit être inquiété pour ses opinions, même fondamentales, la femme a le droit de monter sur l'échafaud ; elle doit avoir également celui de monter à la tribune[1] ; pourvu que ses manifestations ne troublent pas l'ordre public établi par la loi.

XI.

La libre communication des pensées et des opinions est un des droits les plus précieux de la femme puisque cette liberté assure la légitimité des pères envers les enfants. Toute citoyenne peut donc dire librement : je suis mère d'un enfant qui vous appartient, sans qu'un préjugé barbare la force à dissimuler la vérité ; sauf à répondre de l'abus de cette liberté dans les cas déterminés par la loi.

XII.

La garantie des droits de la femme et de la citoyenne nécessite une utilité majeure ; cette garantie doit être instituée pour l'avantage de tous, et non pour l'utilité particulière de celles à qui elle est confiée.

1. **Tribune :** estrade d'où un orateur s'adresse à une assemblée.

XIII.

Pour l'entretien de la force publique, et pour les dépenses d'administration, les contributions de la femme et de l'homme sont égales ; elle a part à toutes les corvées, à toutes les tâches pénibles ; elle doit donc avoir de même part à la distribution des places, des emplois, des charges, des dignités et de l'industrie.

XIV.

Les citoyennes et citoyens ont le droit de constater par eux-mêmes, ou par leurs représentants, la nécessité de la contribution publique. Les citoyennes ne peuvent y adhérer que par l'admission d'un partage égal, non seulement dans la fortune, mais encore dans l'administration publique, et de déterminer la quotité, l'assiette, le recouvrement[1] et la durée de l'impôt.

XV.

La masse des femmes coalisée[2] pour la contribution à celle des hommes, a le droit de demander comptes à tout agent public de son administration.

1. La quotité est le montant de l'impôt établi en appliquant à la matière imposable un taux déterminé ; l'assiette est la matière imposable que l'on a déterminée en quantité et en qualité ; le recouvrement est l'ensemble des opérations qui ont pour objectif d'obtenir le versement des impôts par les contribuables.
2. **Coalisée :** unie dans une coalition.

XVI.

Toute société dans laquelle la garantie des droits n'est pas assurée, ni la séparation des pouvoirs déterminée, n'a point de Constitution : la Constitution est nulle si la majorité des individus qui composent la nation n'a pas coopéré à sa rédaction.

XVII.

Les propriétés sont à tous les sexes réunis ou séparés ; elles ont pour chacun un droit inviolable et sacré ; nul ne peut en être privé comme vrai patrimoine de la nature, si ce n'est lorsque la nécessité publique, légalement constatée, l'exige évidemment, et sous la condition d'une juste et préalable indemnité.

POSTAMBULE

Femme, réveille-toi ; le tocsin[1] de la raison se fait entendre dans tout l'univers ; reconnais tes droits. Le puissant empire de la nature n'est plus environné de préjugés, de fanatisme, de superstition et de mensonges. Le flambeau de la vérité a dissipé tous les nuages de la sottise et de l'usurpation. L'homme esclave a multiplié ses forces, a eu besoin de recourir aux tiennes pour briser ses fers. Devenu libre, il est devenu injuste envers sa compagne. Ô femmes ! femmes, quand

1. **Tocsin :** sonnerie de cloche à coups répétés et prolongés afin de donner l'alarme.

cesserez-vous d'être aveugles ? Quels sont les avantages que vous avez recueillis dans la Révolution ? Un mépris plus marqué, un dédain plus signalé. Dans les siècles de corruption vous n'avez régné que sur la faiblesse des hommes. Votre empire est détruit ; que vous reste-t-il donc ? la conviction des injustices de l'homme. La réclamation de votre patrimoine, fondée sur les sages décrets de la nature ; qu'auriez-vous à redouter pour une si belle entreprise ? le bon mot du législateur des noces de Cana[1] ? Craignez-vous que nos législateurs français, correcteurs de cette morale, longtemps accrochée aux branches de la politique, mais qui n'est plus de saison, ne vous répètent : femmes, qu'y a-t-il de commun entre vous et nous ? Tout, auriez-vous à répondre. S'ils s'obstinaient, dans leur faiblesse, à mettre cette inconséquence en contradiction avec leurs principes ; opposez courageusement la force de la raison aux vaines prétentions de supériorité ; réunissez-vous sous les étendards de la philosophie ; déployez toute l'énergie de votre caractère, et vous verrez bientôt ces orgueilleux, non serviles adorateurs rampant à vos pieds, mais fiers de partager avec vous les trésors de l'Être suprême. Quelles que soient les barrières que l'on vous oppose, il est en votre pouvoir de les affranchir ; vous n'avez qu'à le vouloir. Passons maintenant à l'effroyable tableau de ce que vous avez été dans la

1. **Les noces de Cana :** récit issu du Nouveau Testament (Évangile selon Jean, 2, 1-11), dans lequel Jésus change l'eau en vin, ce qui constitue son premier « miracle » et établit sa toute-puissance auprès de ses disciples.

société ; et puisqu'il est question, en ce moment, d'une éducation nationale, voyons si nos sages législateurs penseront sainement sur l'éducation des femmes.

Les femmes ont fait plus de mal que de bien. La contrainte et la dissimulation ont été leur partage. Ce que la force leur avait ravi, la ruse leur a rendu ; elles ont eu recours à toutes les ressources de leurs charmes et le plus irréprochable ne leur résistait pas. Le poison, le fer, tout leur était soumis ; elles commandaient au crime comme à la vertu. Le gouvernement français, surtout, a dépendu, pendant des siècles, de l'administration nocturne des femmes ; le cabinet n'avait point de secret pour leur discrétion ; ambassade, commandement, ministère, présidence, pontificat[1], cardinalat[2] ; enfin tout ce qui caractérise la sottise des hommes, profane[3] et sacré, tout a été soumis à la cupidité[4] et à l'ambition de ce sexe autrefois méprisable et respecté, et depuis la Révolution, respectable et méprisé.

Dans cette sorte d'antithèse, que de remarques n'ai-je point à offrir ! Je n'ai qu'un moment pour les faire, mais ce moment fixera l'attention de la postérité la plus reculée. Sous l'Ancien Régime, tout était vicieux, tout était coupable ; mais ne pourrait-on pas apercevoir l'amélioration des choses dans la substance même des vices ? Une femme n'avait besoin que d'être belle ou aimable ; quand elle possédait ces deux avantages, elle

1. **Pontificat :** dignité de pape.
2. **Cardinalat :** dignité de cardinal.
3. **Profane :** qui est étranger à la religion, aux choses sacrées.
4. **Cupidité :** désir immodéré de l'argent et des richesses.

voyait cent fortunes à ses pieds. Si elle n'en profitait pas, elle avait un caractère bizarre, ou une philosophie peu commune, qui la portait au mépris des richesses ; alors elle n'était plus considérée que comme une mauvaise tête ; la plus indécente se faisait respecter avec de l'or ; le commerce des femmes était une espèce d'industrie reçue dans la première classe, qui désormais n'aura plus de crédit. S'il en avait encore, la Révolution serait perdue, et sous de nouveaux rapports nous serions toujours corrompus ; cependant la raison peut-elle se dissimuler que tout autre chemin à la fortune est fermé à la femme que l'homme achète, comme l'esclave sur les côtes d'Afrique. La différence est grande ; on le sait. L'esclave commande au maître ; mais si le maître lui donne la liberté sans récompense, et à un âge où l'esclave a perdu tous ses charmes, que devient cette infortunée ? le jouet du mépris ; les portes mêmes de la bienfaisance lui sont fermées ; elle est pauvre et vieille, dit-on, pourquoi n'a-t-elle pas su faire fortune ? D'autres exemples encore plus touchants s'offrent à la raison. Une jeune personne sans expérience, séduite par un homme qu'elle aime, abandonnera ses parents pour le suivre ; l'ingrat la laissera après quelques années, et plus elle aura vieilli avec lui, plus son inconstance sera inhumaine ; si elle a des enfants, il l'abandonnera de même. S'il est riche, il se croira dispensé de partager sa fortune avec ses nobles victimes. Si quelque engagement le lie à ses devoirs, il en violera la puissance en espérant tout des lois. S'il est marié, tout autre engagement perd ses droits. Quelles lois reste-t-il donc à faire pour extirper le vice jusque dans la racine ? Celle du partage des fortunes entre les hommes et les femmes, et de l'administration publique. On conçoit aisément que celle qui est née d'une famille riche gagne beaucoup avec l'égalité des partages. Mais celle qui est née d'une famille pauvre avec du mérite et des vertus ; quel est son lot ? La pauvreté et l'opprobre[1]. Si elle n'excelle pas précisément en musique ou en peinture, elle ne peut être admise à aucune fonction publique, quand elle en aurait toute la capacité. Je ne veux donner qu'un aperçu des choses, je les approfondirai dans la nouvelle édition de tous mes ouvrages politiques que je me propose de donner au public dans quelques jours, avec des notes[2].

Je reprends mon texte quant aux mœurs. Le mariage est le tombeau de la confiance et de l'amour. La femme mariée peut impunément donner des bâtards à son mari, et la fortune qui ne leur appartient pas. Celle qui ne l'est pas, n'a qu'un faible droit : les lois anciennes et inhumaines lui refusaient ce droit sur le nom et sur le bien de leur père, pour ses enfants, et l'on n'a pas fait de nouvelles lois sur cette matière. Si tenter de donner à mon sexe une consistance honorable et juste est considéré dans ce moment comme un paradoxe de ma part, et comme tenter l'impossible, je laisse aux hommes à venir la gloire de traiter cette matière ; mais en attendant, on peut la préparer par l'éducation nationale, par la restauration des mœurs et par les conventions conjugales.

1. **Opprobre :** réprobation publique, déshonneur.
2. Ses textes politiques, écrits entre 1789 et 1791, seront ainsi regroupés.

Forme du contrat social de l'homme et de la femme

Nous *N* et *N*, mus par notre propre volonté, nous unissons pour le terme de notre vie, et pour la durée de nos penchants mutuels, aux conditions suivantes :

Nous entendons et voulons mettre nos fortunes en communauté, en nous réservant cependant le droit de les séparer en faveur de nos enfants, et de ceux que nous pourrions avoir d'une inclination particulière, reconnaissant mutuellement que notre bien appartient directement à nos enfants de quelque lit qu'ils sortent, et que tous indistinctement ont le droit de porter le nom des pères et mères qui les ont avoués, et nous imposons de souscrire à la loi qui punit l'abnégation de son propre sang.

Nous nous obligeons également, au cas de[1] séparation, de faire le partage de notre fortune et de prélever la portion de nos enfants indiquée par la loi ; et, au cas d'union parfaite, celui qui viendrait à mourir, se désisterait de la moitié de ses propriétés en faveur de ses enfants ; et si l'un mourait sans enfants, le survivant hériterait de droit, à moins que le mourant n'ait disposé de la moitié du bien commun en faveur de qui il jugerait à propos.

Voilà à peu près la formule de l'acte conjugal dont je propose l'exécution. À la lecture de ce bizarre écrit, je

1. **Au cas de :** en cas de.

vois s'élever contre moi les tartuffes[1], les bégueules[2], le clergé et toute la séquelle[3] infernale. Mais combien il offrira aux sages de moyens moraux pour arriver à la perfectibilité d'un gouvernement heureux ! J'en vais donner en peu de mots la preuve physique. Le riche épicurien[4] sans enfants trouve fort bon d'aller chez son voisin pauvre augmenter sa famille. Lorsqu'il y aura une loi qui autorisera la femme du pauvre à faire adopter au riche ses enfants, les liens de la société seront plus resserrés, et les mœurs plus épurées. Cette loi conservera peut-être le bien de la communauté, et retiendra le désordre qui conduit tant de victimes dans les hospices de l'opprobre, de la bassesse et de la dégénération des principes humains, où, depuis longtemps, gémit la nature. Que les détracteurs de la saine philosophie cessent donc de se récrier contre les mœurs primitives, ou qu'ils aillent se perdre dans la source de leurs citations.

Je voudrais encore une loi qui avantageât les veuves et les demoiselles trompées par les fausses promesses d'un homme à qui elles se seraient attachées ; je voudrais, dis-je, que cette loi forçât un inconstant à tenir ses engagements, ou à une indemnité proportionnée à sa fortune. Je voudrais encore que cette loi fût rigoureuse contre les femmes du moins pour celles qui auraient le front de recourir à une loi qu'elles auraient

1. **Tartuffes :** faux dévots, hypocrites.
2. **Bégueules :** personnes excessivement prudes.
3. **Séquelle :** suite de personnes attachées à quelqu'un.
4. **Épicurien :** qui s'adonne aux plaisirs, ici sensuels.

elles-mêmes enfreinte par leur inconduite, si la preuve en était faite. Je voudrais, en même temps, comme je l'ai exposé dans *Le Bonheur primitif de l'homme*, en 1788, que les filles publiques fussent placées dans des quartiers désignés. Ce ne sont pas les femmes publiques qui contribuent le plus à la dépravation des mœurs, ce sont les femmes de la société.

En restaurant les dernières, on modifie les premières. Cette chaîne d'union fraternelle offrira d'abord le désordre, mais par les suites, elle produira à la fin un ensemble parfait.

J'offre un moyen invincible pour élever l'âme des femmes ; c'est de les joindre à tous les exercices de l'homme : si l'homme s'obstine à trouver ce moyen impraticable, qu'il partage sa fortune avec la femme, non à son caprice, mais par la sagesse des lois. Le préjugé tombe, les mœurs s'épurent, et la nature reprend tous ses droits. Ajoutez-y le mariage des prêtres ; le roi, raffermi sur son trône, et le gouvernement français ne saurait plus périr.

Il était bien nécessaire que je dise quelques mots sur les troubles que cause, dit-on, le décret en faveur des hommes de couleur dans nos îles[1]. C'est là où la nature frémit d'horreur ; c'est là où la raison et l'humanité n'ont pas encore touché les âmes endurcies ; c'est là surtout où la division et la discorde agitent leurs habitants. Il n'est pas difficile de deviner les

1. Le 15 mai 1791 est promulgué un décret accordant à une partie des hommes de couleur libres l'égalité des droits avec les Blancs.

instigateurs[1] de ces fermentations incendiaires : il y en a dans le sein même de l'Assemblée nationale : ils allument en Europe le feu qui doit embraser l'Amérique. Les colons prétendent régner en despotes sur des hommes dont ils sont les pères et les frères ; et méconnaissant les droits de la nature, ils en poursuivent la source jusque dans la plus petite teinte de leur sang. Ces colons inhumains disent : notre sang circule dans leurs veines, mais nous le répandrons tout[2], s'il le faut, pour assouvir notre cupidité, ou notre aveugle ambition. C'est dans ces lieux les plus près de la nature, que le père méconnaît le fils ; sourd aux cris du sang, il en étouffe tous les charmes ; que peut-on espérer de la résistance qu'on lui oppose ? La contraindre avec violence, c'est la rendre terrible, la laisser encore dans les fers, c'est acheminer toutes les calamités vers l'Amérique. Une main divine semble répandre partout l'apanage[3] de l'homme, *la liberté* ; la loi seule a le droit de réprimer cette liberté, si elle dégénère en licence[4] ; mais elle doit être égale pour tous, c'est elle surtout qui doit renfermer l'Assemblée nationale dans son décret, dicté par la prudence et par la justice. Puisse-t-elle agir de même pour l'État de la France, et se rendre aussi attentive sur les nouveaux abus, comme elle l'a été sur les anciens qui deviennent chaque jour plus effroyables ! Mon opinion serait encore de

1. **Instigateur :** personne qui incite à faire quelque chose.
2. **Tout :** en totalité.
3. **Apanage :** possession.
4. **Licence :** liberté excessive.

raccommoder le pouvoir exécutif avec le pouvoir législatif, car il me semble que l'un est tout, et que l'autre n'est rien ; d'où naîtra, malheureusement peut-être, la perte de l'Empire français. Je considère ces deux pouvoirs comme l'homme et la femme qui doivent être unis, mais égaux en force et en vertus, pour faire un bon ménage.

Il est donc vrai que nul individu ne peut échapper à son sort ; j'en fais l'expérience aujourd'hui.

J'avais résolu et décidé de ne pas me permettre le plus petit mot pour rire dans cette production, mais le sort en a décidé autrement : voici le fait.

L'économie n'est point défendue, surtout dans ce temps de misère. J'habite la campagne. Ce matin, à huit heures, je suis partie d'Auteuil, et me suis acheminée vers la route qui conduit de Paris à Versailles, où l'on trouve souvent ces fameuses guinguettes[1] qui ramassent les passants à peu de frais. Sans doute une mauvaise étoile me poursuivait dès le matin. J'arrive à la barrière où je ne trouve pas même le triste sapin[2] aristocrate. Je me repose sur les marches de cet édifice insolent qui recelait des commis[3]. Neuf heures sonnent, et je continue mon chemin : une voiture s'offre à mes regards, j'y prends place, et j'arrive à

1. **Guinguette :** auberge où l'on boit, mange et danse.
2. **Sapin :** fiacre.
3. **Commis :** employé subalterne.

neuf heures un quart, à deux montres différentes, au pont Royal. J'y prends le sapin, et je vole chez mon imprimeur, rue Christine, car je ne peux aller que là si matin[1] : en corrigeant mes épreuves, il me reste toujours quelque chose à faire, si les pages ne sont pas bien serrées et remplies. Je reste à peu près vingt minutes ; et fatiguée de marche, de composition et d'impression, je me propose d'aller prendre un bain[2] dans le quartier du Temple, où j'allais dîner. J'arrive à onze heures moins un quart, à la pendule du bain ; je devais donc au cocher une heure et demie ; mais, pour ne pas avoir de dispute avec lui, je lui offre 48 sols[3] : il exige plus, comme d'ordinaire, il fait du bruit. Je m'obstine à ne vouloir plus lui donner que son dû, car l'être équitable aime mieux être généreux que dupe. Je le menace de la loi, il me dit qu'il s'en moque, et que je lui payerai deux heures. Nous arrivons chez un commissaire de paix, que j'ai la générosité de ne pas nommer, quoique l'acte d'autorité qu'il s'est permis envers moi mérite une dénonciation formelle. Il ignorait sans doute que la femme qui réclamait sa justice était la femme auteur de tant de bienfaisance

1. **Si matin :** de si bon matin, si tôt.

2. Olympe de Gouges était attachée à l'hygiène. Elle prenait régulièrement des bains alors qu'à l'époque cette pratique n'était pas habituelle. Elle dénonçait également les conditions d'insalubrité, notamment dans les maternités.

3. Le mot « sol » (du latin *solidus*) marquait les monnaies de bronze révolutionnaires et les billets.

et d'équité[1]. Sans avoir égard à mes raisons, il me condamne impitoyablement à payer au cocher ce qu'il demandait. Connaissant mieux la loi que lui, je lui dis : « Monsieur, je m'y refuse et je vous prie de faire attention que vous n'êtes pas dans le principe de votre charge. » Alors cet homme ou, pour mieux dire, ce forcené s'emporte, me menace de la force si je ne paye à l'instant, ou de rester toute la journée dans son bureau. Je lui demande de me faire conduire au tribunal de département ou à la mairie, ayant à me plaindre de son coup d'autorité. Le grave magistrat, en redingote poudreuse et dégoûtante comme sa conversation, m'a dit plaisamment : « Cette affaire ira sans doute à l'Assemblée nationale ? – Cela se pourrait bien », lui dis-je ; et je m'en fus moitié furieuse et moitié riant du jugement de ce moderne Bride-Oison[2], en disant : c'est donc là l'espèce d'homme qui doit juger un peuple éclairé ! On ne voit que cela. Semblables aventures arrivent indistinctement aux bons patriotes, comme aux mauvais. Il n'y a qu'un cri sur les désordres des sections et des tribunaux. La justice ne se rend pas ; la loi est méconnue et la police se fait, Dieu sait comment. On ne peut plus retrouver les cochers à qui l'on confie des effets ; ils changent les numéros à leur

1. Dans ses ouvrages, Olympe de Gouges s'évertue à défendre l'intérêt commun pour une société plus équitable, c'est-à-dire plus juste et impartiale.

2. Bride-Oison (ou Brid'oison) est un personnage de la pièce de théâtre *Le Mariage de Figaro* (1784), de Beaumarchais (1732-1799). Juge du procès qui oppose Marcelline à Figaro, il est le symbole d'une justice défaillante et ridicule.

fantaisie et plusieurs personnes, ainsi que moi, ont fait des pertes considérables dans les voitures. Sous l'Ancien Régime, quel que fût son brigandage, on trouvait la trace de ses pertes, en faisant un appel nominal des cochers, et par l'inspection exacte des numéros ; enfin on était en sûreté. Que font ces juges de paix ? Que font ces commissaires, ces inspecteurs du nouveau régime ? Rien que des sottises et des monopoles. L'Assemblée nationale doit fixer toute son attention sur cette partie qui embrasse l'ordre social.

PS. Cet ouvrage était composé depuis quelques jours ; il a été retardé encore à l'impression ; et au moment que M. Taleyrand[1], dont le nom sera toujours cher à la postérité, venant de donner son ouvrage[2] sur les principes de l'éducation nationale, cette production était déjà sous la presse. Heureuse si je me suis rencontrée avec les vues de cet orateur ! Cependant je ne puis m'empêcher d'arrêter la presse et de faire éclater la pure joie, que mon cœur a ressentie à la nouvelle que le roi venait d'accepter la Constitution, et que l'Assemblée nationale, que j'adore actuellement – sans excepter l'abbé Maury[3],

1. Graphie du texte original. Charles Maurice de Talleyrand-Périgord (1754-1838) est un homme politique français. Il fut notamment président de l'Assemblée nationale et ambassadeur pendant la Révolution française.
2. *Rapport sur l'instruction publique, fait au nom du Comité de Constitution à l'Assemblée nationale, les 10, 11 et 19 septembre 1791.*
3. Jean-Sifrein Maury (1746-1817) est un écrivain et ecclésiastique français.

et La Fayette[1] est un dieu –, avait proclamé d'une voix unanime une amnistie générale. Providence divine, fais que cette joie publique ne soit pas une fausse illusion ! Renvoie-nous, en corps, tous nos fugitifs, et que je puisse, avec un peuple aimant, voler sur leur passage ; et dans ce jour solennel, nous rendrons tous hommage à ta puissance.

1. Le marquis de La Fayette (1757-1834) est un général et homme politique français.

DOSSIER
SPÉCIAL BAC

Questionnaire I

Préambule (pp. 28-29)

Un préambule convaincant

1. Montrez que ce préambule est très bien structuré. Appuyez-vous sur les connecteurs logiques.
2. Analysez les propositions subordonnées des lignes 34 à 44. Que mettent-elles en évidence ?
3. Quelle est la position d'Olympe de Gouges dans ce préambule ?
4. Analysez la force de conviction de ses propos.

Au nom des droits des femmes

5. Identifiez les deux figures de style présentes aux lignes 27 et 28. Que signifient-elles ?
6. Quelle est la figure de style employée à la ligne 30 ? Que met-elle en évidence ?
7. Quelle image Olympe de Gouges donne-t-elle de la France aux lignes 31 et 32 ?
8. Montrez que les revendications de l'auteure sont légitimes. Citez le texte.

Pour une égalité des sexes

9. Relevez le champ lexical du domaine politique. Pourquoi est-il présent ?
10. Olympe de Gouges incrimine-t-elle directement les hommes ? Pourquoi ?
11. Comment met-elle en avant l'égalité hommes/femmes aux lignes 37 à 39 ?
12. Par quelle figure de style désigne-t-elle les femmes (l. 45-46) ? Que pouvez-vous en dire ?

Questionnaire 2

Postambule

De « Sous l'Ancien Régime » à « et de l'administration publique » (pp. 35-37)

Un « état des lieux » peu glorieux

1. Au début du passage, quelle image Olympe de Gouges donne-t-elle de l'Ancien Régime ?
2. Comment la femme est-elle considérée ? Quelles étaient les qualités alors requises ?
3. Identifiez le rapport que l'auteure établit entre les femmes et l'argent. Que veut-elle montrer ?
4. Analysez la situation des femmes, décrite aux lignes 200 à 202.

Une analogie évocatrice de la condition féminine

5. À qui les femmes sont-elles comparées (l. 208-211) ? Identifiez un champ lexical.
6. Que souligne cette comparaison dépréciative ?
7. Analysez les remarques suivantes : « l'esclave a perdu tous ses charmes » et « cette infortunée ». Que cherche à démontrer l'auteure ici ?
8. Quelle image de la femme Olympe de Gouges offre-t-elle ?

Un portrait dévalorisant des hommes

9. Identifiez la situation pathétique décrite aux lignes 214 à 217. Quel est le but de l'auteure ?
10. Identifiez un champ lexical dépréciatif qualifiant l'attitude de certains hommes. Quelle idée prédomine ?
11. Relevez les propositions subordonnées circonstancielles de condition (l. 219-224). Que montrent-elles ?
12. Quelles solutions envisage Olympe de Gouges ?

Questionnaire 3

Contrat social de l'homme et de la femme

De « Il était bien nécessaire » à « pour faire un bon ménage » (pp. 40-42)

Le blâme des colons

1. Identifiez et analysez la figure de style qui structure les lignes 326 à 330.
2. Relevez le vocabulaire dépréciatif (l. 324-330). Que traduit-il ?
3. Quelle métaphore Olympe de Gouges met-elle en évidence (l. 331-333) ? Que veut-elle signifier ?
4. Quel portrait des colons dresse-t-elle (l. 334-341) ? Citez le texte.
5. Montrez, en citant précisément le texte, que l'auteure fait l'éloge de la nature.

Le droit à la liberté

6. Comment Olympe de Gouges définit-elle la liberté ? Citez le texte.
7. Quel pouvoir l'auteure confère-t-elle à la loi ? Analysez les lignes 348 à 356.
8. Analysez la phrase « mais elle doit être égale pour tous ».
9. Quel portrait brosse-t-elle de la France (l. 352-356) ?

L'égalité des pouvoirs et des citoyens

10. À la fin du passage, identifiez et analysez la présence explicite de l'auteure.
11. Que préconise Olympe de Gouges au niveau gouvernemental ? Est-ce une bonne solution ?
12. Quelle comparaison établit-elle ? Que veut-elle montrer ?

✣ Écrire et combattre pour l'égalité

LE THÈME DU PARCOURS

Olympe de Gouges est une auteure humaniste du siècle des Lumières. Ses divers écrits sont pour elle l'occasion de combattre en faveur de l'égalité entre les êtres humains et de revendiquer les droits de ceux qui en sont dépourvus, à savoir les opprimés de la société, comme les hommes noirs, les pauvres et les femmes. Son militantisme en faveur des droits des femmes et de l'égalité entre les hommes et les femmes culmine dans sa *Déclaration des droits de la femme et de la citoyenne*, écrite en 1791. Dans ce texte engagé, Olympe de Gouges défend notamment le droit des femmes à l'instruction et plaide pour que leur place dans la société soit réhabilitée, afin qu'elles aient les mêmes droits que les hommes.

LES TEXTES DU PARCOURS

Le groupement de textes porte sur l'éducation des femmes dans la mesure où, pour parvenir à l'établissement d'une égalité entre hommes et femmes, il faut au préalable que les deux sexes aient accès à l'instruction. Les auteurs choisis ont tous abordé ce thème par le biais d'argumentations directes, autrement dit en exposant explicitement leurs pensées. Ainsi, au XVIe siècle, Louise Labé, dans son *Épître dédicatoire à Clémence de Bourges* (1555), invite sa destinataire à repenser l'instruction des femmes en vue de leur émancipation. Au XVIIe siècle, le *Traité de l'éducation des filles* (1687) de Fénelon est un ouvrage pédagogique dans lequel il expose ses théories éducatives et notamment ses réflexions sur l'instruction féminine. Au XVIIIe siècle, Condorcet publie ses *Cinq Mémoires sur l'instruction publique* (1791), qui posent les fondements de l'école républicaine et dans lesquels il souligne l'importance de l'instruction surtout pour les femmes.

✣ Groupement de textes

SUR L'ÉDUCATION DES FEMMES

❶ Louise Labé (1524-1566), *Épître dédicatoire à Clémence de Bourges*, 1555.

Louise Labé est une poétesse et une figure de la littérature féminine de la Renaissance, appartenant à l'école lyonnaise[1]. Elle renouvelle les codes traditionnels poétiques en faisant de l'homme l'objet de désir et en décrivant la femme sujette à la violence de la passion amoureuse. Elle a publié ses écrits dans un seul volume intitulé *Œuvres* (1555), dans lequel ses sonnets, ses élégies et son *Débat de folie et d'amour* sont précédés d'une épître adressée à son amie et protectrice Clémence de Bourges (v. 1530-v. 1562), poétesse et femme de lettres. Ayant reçu elle-même une éducation exceptionnelle en apprenant le latin, les langues modernes mais aussi l'équitation et l'escrime, Louise Labé s'attache à défendre l'instruction des femmes dans cet écrit.

Étant le temps venu, Mademoiselle, que les sévères lois des hommes n'empêchent plus les femmes de s'appliquer aux sciences et disciplines, il me semble que celles qui ont la commodité[2] doivent employer cette honnête liberté que notre sexe a autrefois tant désirée, à apprendre celles-ci, et montrer aux hommes le tort qu'ils nous faisaient en nous privant du bien et de l'honneur qui nous en pouvaient venir : et si quelqu'une parvient en tel degré[3] que de pouvoir mettre ses conceptions par écrit, le faire soigneusement et non dédaigner la gloire, et s'en parer plutôt que de chaînes, anneaux, et somptueux habits, lesquels

---

1. **École lyonnaise :** groupe de poètes et poétesses, d'humanistes et de lettrés lyonnais.
2. **Commodité :** facilité.
3. **En tel degré que :** à un tel niveau.

ne pouvons vraiment estimer nôtres, que par usage. Mais l'honneur que la science nous procurera sera entièrement nôtre, et ne nous pourra être ôté, ni par finesse de larron[1], ni par force d'ennemis, ni longueur du temps. Si j'eusse été tant favorisée des Cieux, que d'avoir l'esprit grand assez pour comprendre ce dont Il a eu envie, je servirais en cet endroit plus d'exemple que d'admonition[2]. Mais ayant passé partie de ma jeunesse à l'exercice de la musique, et ce qui m'a resté de temps l'ayant trouvé trop court pour la rudesse de mon entendement[3], et ne pouvant de moi-même satisfaire au bon vouloir que je porte à notre sexe, de le voir non en beauté seulement, mais en science et vertu passer ou égaler les hommes, je ne puis faire autre chose que prier les vertueuses dames d'élever un peu leurs esprits par-dessus leurs quenouilles[4] et fuseaux[5], et s'employer à faire entendre au monde que si nous ne sommes faites pour commander, si ne devons-nous être dédaignées pour compagnes tant dans les affaires domestiques que publiques de ceux qui gouvernent et se font obéir. Et outre la réputation que notre sexe en recevra, nous aurons valu au public que les hommes mettront plus de peine et d'étude aux sciences vertueuses, de peur qu'ils n'aient honte de se voir précédés par celles desquelles ils ont toujours prétendu être supérieurs en tout.

1. **Larron :** voleur.
2. **Admonition :** avertissement.
3. **Entendement :** bon sens.
4. **Quenouilles :** tiges servant à maintenir le textile à filer.
5. **Fuseaux :** petites bobines.

Analyse

De femme à femme

Cette épître en prose est comparable à une lettre ouverte puisque, même si elle est dédicacée à une destinataire bien identifiée, Clémence de Bourges, il n'en reste pas moins que Louise Labé s'adresse implicitement à toutes les femmes. Ce texte est féministe dans le fait même d'être écrit par une femme, pour une femme, au sujet des femmes et à destination des femmes. Ainsi, l'auteure se met en jeu en employant le pronom personnel « je », nomme sa destinataire « Mademoiselle » et parle des femmes de manière générale grâce au substantif « femmes », au pronom démonstratif « celles » ou encore au groupe nominal « vertueuses dames ». En outre, l'expression « notre sexe » renvoie au sexe féminin, celui de l'auteure, de sa destinataire et des femmes auxquelles elle s'adresse. La situation d'énonciation est ainsi fortement marquée et féministe. L'objectif de Louise Labé est de prendre à témoin Clémence de Bourges afin d'évoquer et de dépasser les préjugés subis par les femmes en matière d'instruction. Comme elles ont dorénavant la possibilité de s'éduquer, il faut qu'elles profitent de cette liberté à bon escient.

Du droit de s'instruire, d'écrire et d'être reconnue

Cette dédicace où Louise Labé défend l'idée d'une éducation des femmes prend la forme d'un essai féministe, puisque l'auteure dit explicitement ce qu'elle pense. Elle convainc déjà ses lectrices qu'elles doivent profiter de la situation, car les « sévères lois des hommes n'empêchent plus les femmes de s'appliquer aux sciences et disciplines ». Ce qui signifie qu'elles ont enfin la possibilité d'accéder à une instruction plus complète et doivent mettre à profit cette « honnête liberté » de se cultiver. En outre, Louise Labé précise que cette instruction nouvelle leur sera bénéfique et qu'elles devront en être fières, d'autant plus qu'il s'agira alors de leur bien propre qui ne pourra pas leur être enlevé « ni par finesse de larron, ni par force d'ennemis, ni longueur du temps ». Leur droit à l'éducation ne pourra donc pas être bafoué. L'auteure montre aussi à ses lectrices qu'il est dorénavant en leur pouvoir de « mettre [leurs] conceptions par écrit ». Ainsi, si elles ont la possibilité d'écrire, il faut « le faire soigneusement et non dédaigner la gloire, et s'en parer ». Elle les exhorte à agir, c'est-à-dire à s'éduquer, à apprendre et à écrire afin qu'elles s'émancipent et qu'elles égalent les hommes. Enfin, Louise Labé demande aux femmes « d'élever un peu leurs esprits par-dessus leurs quenouilles et fuseaux », autrement dit de prendre conscience qu'elles peuvent prétendre à autre chose qu'aux travaux ménagers auxquels elles sont cantonnées ordinairement. C'est à elles aussi de montrer qu'elles ont des fonctions (« tant dans les affaires domestiques que publiques ») et un rôle à jouer auprès des hommes.

❷ Fénelon (1651-1715), *Traité de l'éducation des filles*, 1687.

François de Salignac de La Mothe-Fénelon est un homme d'Église, le précepteur du duc de Bourgogne, petit-fils de Louis XIV, et un écrivain. Ses œuvres portent sur des thèmes aussi variés que la théologie, la philosophie, la politique ou encore la pédagogie. C'est, avant tout, son expérience de précepteur qui lui permet de composer des ouvrages pédagogiques tels que les *Fables composées pour l'éducation du duc de Bourgogne* (1700), les *Aventures de Télémaque* (1699), roman éducatif d'aventures et de voyages, ou encore le *Traité de l'éducation des filles* (1687). Cette dernière œuvre a été rédigée lorsqu'il était le directeur spirituel de la duchesse de Beauvilliers, fille de Colbert. L'ouvrage est défini comme un « traité », puisque Fénelon y démontre de manière logique et rigoureuse son système d'éducation. Dans la première partie, il s'adresse prioritairement aux familles et aux instituteurs.

Chapitre premier

De l'importance de l'éducation des filles

Rien n'est plus négligé que l'éducation des filles. La coutume et le caprice des mères y décident souvent de tout : on suppose qu'on doit donner à ce sexe peu d'instruction. L'éducation des garçons passe pour une des principales affaires par rapport au bien public ; et quoiqu'on n'y fasse guère moins de fautes que dans celle des filles, du moins on est persuadé qu'il faut beaucoup de lumières pour y réussir. Les plus habiles gens se sont appliqués à donner des règles dans cette matière. Combien voit-on de maîtres et de collèges ! combien de dépenses pour des impressions de livres, pour des recherches de sciences, pour des méthodes d'apprendre les langues, pour le choix des professeurs ! Tous ces grands préparatifs ont souvent plus d'apparence que de solidité ; mais enfin ils marquent la haute idée qu'on a de l'éducation des garçons. Pour les filles, dit-on, il ne faut pas qu'elles soient savantes, la curiosité les rend vaines et précieuses ; il suffit qu'elles sachent gouverner un jour leurs ménages, et obéir à leurs maris sans raisonner. On ne manque pas de se servir de l'expérience qu'on a de beaucoup de femmes que la science a rendues ridicules : après quoi on se croit en droit d'abandonner aveuglément les filles à la conduite des mères ignorantes et indiscrètes. [...]

Enfin, il faut considérer, outre le bien que font les femmes quand elles sont bien élevées, le mal qu'elles causent dans le monde quand elles manquent d'une éducation qui leur inspire la vertu. Il est constant que la mauvaise éducation des femmes fait plus de mal que celle des hommes, puisque les désordres des hommes viennent souvent et de la mauvaise éducation qu'ils ont reçue de leurs mères, et des passions que d'autres femmes leur ont inspirées dans un âge plus avancé.

Quelles intrigues se présentent à nous dans les histoires, quel renversement des lois et des mœurs, quelles guerres sanglantes, quelles nouveautés contre la religion, quelles révolutions d'État, causés par le dérèglement des femmes ! Voilà ce qui prouve l'importance de bien élever les filles ; cherchons-en les moyens.

Analyse

Une force de conviction

Cet extrait est très convaincant par sa structure et son appel à l'esprit critique des lecteurs. Fénelon se sert de ses qualités de pédagogue pour faire passer ses idées directement, sans toutefois se mettre en scène. Effectivement, le pronom personnel « on » est privilégié dans son argumentaire afin de mettre en évidence ce qui se dit ou se fait sur l'instruction féminine. Fénelon commence par expliciter sa thèse – « Rien n'est plus négligé que l'éducation des filles » – et la défend en faisant appel à des arguments et à des exemples. Ainsi, il remet d'abord en cause « la coutume et le caprice » des mères qui, n'ayant pas été éduquées, ne veulent pas que leurs filles le soient à leur tour, ou sont fautives et responsables du mauvais comportement de leurs fils. Puis il dit que l'éducation des garçons serait plus importante que celle des filles. Enfin, il développe l'idée selon laquelle l'éducation des filles est bénéfique, puisqu'elle les rend vertueuses. Il compare encore une fois l'éducation des filles et celle des garçons en montrant que le manque d'instruction des filles cause davantage de malheurs. Son texte se finit par une phrase conclusive qui a une valeur de déduction : « Voilà ce qui prouve l'importance de bien élever les filles ; cherchons-en les moyens. » Non seulement Fénelon tire cette conclusion des preuves qu'il a préalablement étayées, mais il incite surtout ses lecteurs à passer à la pratique afin de trouver les « moyens » de « bien élever les filles ».

Les malheurs des filles

Fénelon argumente en faveur de l'instruction des filles, en insistant bien sur les maux causés par leur absence d'éducation. Ainsi, il parle d'abord des mères qui n'ont pas eu la chance d'être éduquées et qui, par conséquent, se comportent mal avec leurs enfants. Il fait leur blâme en mettant en avant leurs défauts : elles suivent les traditions sans réfléchir, sont capricieuses et « décident souvent de tout ». Ensuite, il évoque encore d'autres vices quand il précise que les mères peuvent être « ignorantes et indiscrètes ». Les mères sont une cible privilégiée pour l'auteur mais cela lui sert, paradoxalement, à renforcer son propos. En effet, quand il dit « les désordres des hommes viennent souvent et de la mauvaise éducation qu'ils ont reçue de leurs mères, et des passions que d'autres femmes leur ont inspirées dans un âge plus avancé », il souligne le fait que, si les femmes peuvent être à l'origine du mauvais comportement des hommes, c'est bien parce qu'elles n'ont pas reçu une bonne éducation. En outre, il ajoute l'idée que, si les filles n'ont pas accès à une bonne éducation, c'est parce que, dit-on, « il ne faut pas qu'elles soient savantes, la curiosité les [rendant] vaines et précieuses », ou encore parce que leur devoir serait de « gouverner un jour leurs ménages, et obéir à leurs maris sans raisonner ». Les filles mal ou pas éduquées causent ainsi le malheur de tous.

❸ Nicolas de Condorcet (1743-1794), *Cinq Mémoires sur l'instruction publique*, 1791.

Condorcet est un mathématicien, philosophe et homme politique français. Il contribue à l'*Encyclopédie* (1751-1772), combat l'esclavage et la peine de mort, et lutte en faveur de l'égalité des droits. Député à l'Assemblée législative et à la Convention, il propose un projet de réforme de l'instruction publique qui pose les bases de la nouvelle école républicaine. Ainsi, il prône une égalité entre les hommes et les femmes, les pauvres et les riches face à l'instruction et au savoir, et ajoute que cette égalité a pour corollaires la gratuité et la laïcité. La forme du mémoire sert à Condorcet à exposer ses idées en les portant à la connaissance du plus grand nombre.

Il est nécessaire que les femmes partagent l'instruction donnée aux hommes.

1. Pour qu'elles puissent surveiller celle de leurs enfants. L'instruction publique, pour être digne de ce nom, doit s'étendre à la généralité des citoyens, et il est impossible que les enfants en profitent si, bornés aux leçons qu'ils reçoivent d'un maître commun, ils n'ont pas un instituteur domestique qui puisse veiller sur leurs études dans l'intervalle des leçons, les préparer à les recevoir, leur en faciliter l'intelligence, suppléer enfin à ce qu'un moment d'absence ou de distraction a pu leur faire perdre. Or, de qui les enfants des citoyens pauvres pourraient-ils recevoir ces secours, si ce n'est de leurs mères qui, vouées aux soins de leur famille, ou livrées à des travaux sédentaires, semblent appelées à remplir ce devoir, tandis que les travaux des hommes, qui presque toujours les occupent au-dehors, ne leur permettraient pas de s'y consacrer ? Il serait donc impossible d'établir dans l'instruction cette égalité nécessaire au maintien des droits des hommes [...] si, en faisant parcourir aux femmes au moins les premiers degrés de l'instruction commune, on ne les mettait en état de surveiller celle de leurs enfants.

2. Parce que le défaut d'instruction des femmes introduirait dans les familles une inégalité contraire à leur bonheur. D'ailleurs on ne pourrait l'établir pour les hommes seuls sans introduire une inégalité marquée, non seulement entre le mari et la femme mais entre le frère et la sœur et même entre le fils et la mère ; or, rien ne serait plus contraire à la pureté et au bonheur des mœurs domestiques. L'égalité est partout, mais surtout dans les familles, le premier élément de la félicité, de la paix et des vertus. Quelle autorité pourrait avoir la tendresse maternelle si l'ignorance dévouait les mères à devenir pour leurs enfants un objet ridicule ou de mépris ?

3. Parce que c'est un moyen de faire conserver aux hommes les connaissances qu'ils ont acquises dans leur jeunesse. J'ajouterai encore que les hommes qui auront profité de l'instruction publique en conserveront bien plus aisément les avantages s'ils trouvent dans leurs femmes une instruction à peu près égale [...].

4. Parce que les femmes ont le même droit que les hommes à l'instruction publique. Enfin, les femmes ont les mêmes droits que les hommes ; elles ont donc celui d'obtenir les mêmes facilités pour acquérir les lumières qui seules peuvent leur donner les moyens d'exercer réellement ces droits avec une même indépendance et dans une égale étendue. L'instruction doit être donnée en commun, et les femmes ne doivent pas être exclues de l'enseignement.

Analyse

Un argumentaire structuré

Condorcet expose ses idées de manière très organisée puisque qu'il commence par sa thèse : « Il est nécessaire que les femmes partagent l'instruction donnée aux hommes. » Cette idée résonne d'ailleurs comme un commandement par l'emploi de la forme verbale « Il est nécessaire », qui a une valeur d'obligation, voire d'injonction. Ensuite, il énumère quatre points essentiels qui sont autant d'arguments pour développer ses idées qui caractérisent finalement son plaidoyer. Ainsi, il identifie d'abord l'objectif à atteindre en employant dans son premier point la locution conjonctive « pour que », qui met en place le but de l'instruction féminine, c'est-à-dire surveiller l'éducation des enfants. Puis il se sert de l'anaphore, formée par la répétition de la locution conjonctive « parce que », pour énumérer trois raisons qui défendent l'instruction des femmes. En outre, chaque point évoqué définit un argument simple et précis. Pour finir, Condorcet écrit : « L'instruction doit être donnée en commun, et les femmes ne doivent pas être exclues de l'enseignement », reprenant ainsi l'idée centrale de sa thèse exposée précédemment. Il souhaite faire prendre conscience à ses lecteurs du bien-fondé de l'éducation des femmes ; pour cela, il construit un texte convaincant qui sollicite, avant tout, la raison et l'esprit critique.

Un plaidoyer féministe

Sa défense de l'instruction des femmes débute en soulevant l'idée de la généralisation de l'instruction. En effet, l'éducation doit être commune à tous, riches et pauvres, hommes et femmes, afin que ces dernières puissent s'occuper dignement de leurs enfants, d'autant plus que leurs maris sont le plus souvent absents de la maison. Condorcet plaide en faveur de l'instruction des femmes en avançant aussi qu'à la maison, justement, elles devront se substituer à l'enseignant pour aider au mieux leurs enfants. Ensuite, il prône l'idée d'une égalité face à l'instruction afin de maintenir l'harmonie familiale. Si les femmes n'ont pas accès à l'éducation, des disparités subsisteront au sein même des membres de la famille ; or cela nuira au bonheur de tous. De plus, l'auteur montre que l'instruction des femmes serait bénéfique aux hommes puisqu'ils pourraient alors, par le biais d'échanges, maintenir leur culture personnelle. Enfin, les femmes doivent être instruites car elles ont les mêmes droits que les hommes. Il n'existe aucune raison pour qu'elles n'aient pas accès, elles aussi, aux « lumières » de l'instruction qui leur ouvrira par la suite la voie de l'indépendance et de l'émancipation.

Vers le bac

✣ Dissertation

Sujet : De quelles manières la littérature d'idées contribue-t-elle efficacement à défendre l'égalité ?

Vous développerez votre argumentation en vous appuyant sur la *Déclaration des droits de la femme et de la citoyenne* d'Olympe de Gouges, sur les textes du parcours et sur votre culture personnelle.

La formulation du sujet demande d'y répondre par un plan thématique qui doit développer, en trois points, des idées qui vont dans le sens du sujet. L'important est de partir de l'idée la plus évidente, puis de développer progressivement.

Introduction

[Accroche] « J'écris pour agir », aurait dit Voltaire, philosophe des Lumières, pour définir son combat littéraire en faveur des victimes des injustices sociales. **[Analyse du sujet]** Il est vrai que les mots deviennent les armes des écrivains lorsque ceux-ci ont à cœur de défendre des idées et de plaider en faveur des opprimés, ou encore lorsqu'ils désirent dénoncer les oppresseurs responsables des malheurs des hommes. **[Problématique]** Si la littérature d'idées a un impact sur la conscience collective et si elle permet de faire évoluer les mentalités, notamment au sujet de l'égalité entre les êtres humains, nous pouvons nous demander quels ressorts les écrivains ont alors en leur possession. **[Annonce du plan]** Nous montrerons, dans un premier temps, que les auteurs peuvent parler en leur nom propre et exposer explicitement leurs idées à travers des argumentations directes. Puis nous soulignerons l'efficacité des argumentations indirectes qui, sous couvert d'un récit divertissant, sont tout aussi légitimes pour instruire le lecteur sur les inégalités existantes.

Enfin, si la littérature d'idées est efficace pour défendre l'égalité, il n'en reste pas moins que les circonstances dans lesquelles les auteurs écrivent ne sont pas toujours favorables.

[I] La littérature d'idées est efficace pour défendre l'égalité, notamment lorsque les auteurs exposent leurs idées dans des argumentations directes.

[Argument] Ainsi, de nombreux auteurs ont plaidé en faveur de l'égalité entre les hommes et les femmes à travers des textes argumentés, où leurs idées étaient clairement identifiées. C'est le cas d'Olympe de Gouges, avec sa *Déclaration des droits de la femme et de la citoyenne* (1791), dans laquelle elle exhorte les femmes à prendre conscience de leur situation et à agir afin de faire valoir leur droit à l'égalité avec leurs semblables masculins. Le postambule commence d'ailleurs ainsi : « Femme, réveille-toi ; le tocsin de la raison se fait entendre dans tout l'univers ; reconnais tes droits. » En outre, dans son préambule, elle présentait déjà son projet d'« exposer, dans une déclaration solennelle, les droits naturels, inaliénables et sacrés de la femme ». Puis l'article premier de sa *Déclaration* commence par ces mots : « La femme naît libre et demeure égale à l'homme en droits. » Olympe de Gouges se sent investie de cette mission de défendre les droits de la femme, car cette dernière avait été oubliée dans la Déclaration des droits de l'homme et du citoyen de 1789. L'efficacité de cette littérature d'idées réside dans le fait que l'auteure donne clairement son avis sur l'inégalité existant entre les hommes et les femmes, et se donne la liberté d'écrire un texte juridique.

[Argument] Si Olympe de Gouges a défendu l'égalité entre les hommes et les femmes dans sa *Déclaration*, elle a aussi prôné l'égalité entre les hommes et défendu l'idée que les hommes noirs avaient les mêmes droits que les hommes blancs. Elle a d'ailleurs mené ce combat dans de nombreux ouvrages, et notamment dans un essai intitulé *Réflexions sur les hommes nègres* (1788), dans lequel elle écrivait : « L'espèce d'hommes nègres m'a toujours intéressée à son déplorable sort... En avançant en âge, je vis clairement que c'étaient la force et le préjugé qui les avaient condamnés à cet horrible esclavage, que la nature n'y avait aucune part et que l'injuste intérêt des Blancs avait tout fait. » Le combat pour dénoncer l'esclavage, et donc pour plaider en faveur d'une stricte égalité entre les hommes, est une lutte chère aux auteurs et philosophes des Lumières. Ainsi, le chevalier de Jaucourt (1704-1780) écrit un article intitulé « Traite des nègres » (1766) dans l'*Encyclopédie* (1751-1772), immense ouvrage de vulgarisation des savoirs, dans lequel les écrivains font passer leurs idées et dénoncent toutes les formes d'injustice. Dans son article, le chevalier de Jaucourt dit alors à propos de la traite esclavagiste : « Cet achat de nègres, pour les réduire en esclavage, est un négoce qui viole la religion, la morale, les lois naturelles, et tous les droits de la nature humaine. » L'esclavage sera ardemment critiqué par de nombreux philosophes des Lumières, à l'instar de Montesquieu dans « De l'esclavage des nègres », issu de son ouvrage *De l'esprit des lois* (1748). Son réquisitoire contre l'esclavage prend, paradoxalement, la forme d'une plaidoirie qu'il entame ainsi : « Si j'avais à soutenir le droit que nous avons eu de rendre les esclaves nègres, voici ce que je dirais. » L'auteur parle bien en son propre nom, puisqu'il emploie le pronom personnel « je (j') », mais il poursuit son propos en énumérant des arguments fallacieux qui se contredisent et qui reposent surtout sur une logique tellement absurde que le lecteur ne peut pas croire qu'il s'agit bien là des idées de Montesquieu. En fait, ce philosophe des Lumières utilise comme arme de défense l'ironie pour faire comprendre à son lecteur qu'il écrit finalement le contraire de ce qu'il pense réellement. Montesquieu fait le pari de l'intelligence du lecteur en employant le registre ironique et prend alors le risque d'être incompris.

[Transition] Les auteurs qui veulent dénoncer les injustices et les inégalités entre les êtres humains peuvent recourir à l'argumentation directe, où leurs idées sont clairement exposées, ou avoir recours à l'ironie et rendre alors le lecteur complice de leurs propos. Mais la littérature d'idées peut aussi être à la fois divertissante et instructive en faisant passer des idées de manière détournée. C'est pourquoi certains écrivains privilégient l'argumentation indirecte.

[II] La littérature d'idées trouve son efficacité dans des argumentations indirectes qui permettent, sous couvert d'un récit fictif et de divertissement, d'instruire le lecteur en dénonçant l'inégalité entre les hommes et aussi entre les hommes et les femmes.

[Argument] Si nous reprenons le thème de l'esclavage, beaucoup d'auteurs du siècle des Lumières ont préféré la forme de l'apologue pour dénoncer cette terrible injustice. L'apologue est un court récit fictif qui divertit le lecteur pour mieux l'instruire, à l'instar du conte philosophique *Candide* (1759) de Voltaire. Dans cet ouvrage, le héros éponyme, Candide, est un jeune homme innocent et naïf qui se retrouve face à des situations inhumaines lors de ses pérégrinations. Ainsi, au chapitre 19, à leur arrivée à Surinam, Candide et son précepteur Pangloss rencontrent un homme noir qui est l'esclave du « fameux négociant » M. Vanderdendur. Voltaire fait appel à la compassion de son lecteur en employant notamment le registre pathétique, puisqu'il décrit ainsi l'esclave : « Il manquait à ce pauvre homme la jambe gauche et la main droite. » Il poursuit en décrivant les mutilations commises sur les esclaves : « Quand nous travaillons aux sucreries, et que la meule nous attrape le doigt, on nous coupe la main ; quand nous voulons nous enfuir, on nous coupe la jambe : je me suis trouvé dans les deux cas. C'est à ce prix que vous mangez du sucre en Europe. » Cette dernière phrase est révélatrice du combat mené par les auteurs pour dénoncer l'esclavage, d'autant plus qu'elle rappelle cet argument de Montesquieu dans

Vers le bac

« De l'esclavage des nègres » : « Le sucre serait trop cher, si l'on ne faisait travailler la plante qui le produit par les esclaves. » Ces deux auteurs soulignent ainsi, par le registre pathétique ou par l'ironie, l'absurdité de la situation tout en dénonçant les arguments perfides des esclavagistes. Quant à Olympe de Gouges, elle a privilégié le théâtre engagé pour dénoncer l'esclavage, comme avec son œuvre dramatique *Zamore et Mirza ou l'Heureux Naufrage* (1785), qui ne sera finalement jouée qu'en 1789 sous le titre *L'Esclavage des Noirs ou l'Heureux Naufrage.*

[Argument] De plus, l'argumentation indirecte, qui permet d'abord de plaire au lecteur par le biais d'un récit fictif, est tout aussi efficace qu'une argumentation directe pour défendre des causes telles que l'égalité ou pour dénoncer des injustices. Si nous restons dans le domaine théâtral, nous pouvons alors citer les pièces de théâtre engagées de Marivaux ou encore de Beaumarchais, deux dramaturges des Lumières, qui ont combattu en faveur d'une plus grande équité entre les hommes et les femmes. Au lieu de parler en leur nom explicitement, ils ont préféré transmettre leurs idées par les répliques de leurs personnages. Ainsi, Marivaux crée non seulement des comédies sociales qui divertissent le lecteur par les nombreuses manifestations du registre comique, mais il se sert aussi de l'utopie, d'un monde idéal qui n'existe pas mais qui ferait mieux réfléchir ses contemporains sur les problèmes liés à leur société. Dans *L'Île des esclaves* (1725), les maîtres et leurs valets se retrouvent sur une île où les rapports de force sont inversés. Le dramaturge cherche avant tout à faire prendre conscience aux maîtres de leurs mauvais agissements envers leurs valets, afin qu'ils se corrigent. Dans *La Colonie* (1729), ce n'est plus l'esclavage qui est dénoncé, mais les inégalités qui persistent entre les hommes et les femmes. Là encore, l'utopie sert les propos du dramaturge, puisque les personnages sont isolés sur une île qui n'existe pas. Ainsi, à la scène 13, Marivaux donne la parole à ses protagonistes féminins afin de faire valoir leurs droits auprès de la gent masculine. Arthénice, une femme d'artisan, prononce alors ces paroles : « Nous voulons nous mêler de tout, être associées à tout, exercer avec vous tous les emplois, ceux de finance, de judicature et d'épée. » Tout comme Marivaux, Beaumarchais défend l'égalité entre les hommes et les femmes, et notamment les revendications de ces dernières concernant leur droit au travail. Nous pouvons prendre l'exemple du réquisitoire contre les hommes, établi par Marceline à la scène 16 de l'acte III du *Mariage de Figaro*. Ainsi, Marceline dénonce la condition des femmes qui restent ignorantes une bonne partie de leur vie, puisque les hommes ne leur permettent pas d'user de leur raison, à qui l'on ôte « tout honnête moyen de subsister » et qui demeurent dans une « servitude réelle ».

[Transition] Si les ressources argumentatives abondent dans la littérature d'idées pour lutter contre les inégalités et les injustices, les circonstances ne sont cependant pas toujours favorables à leur bon accueil.

[III] La littérature d'idées, qu'elle repose sur une argumentation directe ou indirecte, se heurte souvent aux limites de la liberté d'expression et à la censure exercée soit par l'autorité religieuse, soit par l'autorité politique, surtout au XVIIIe siècle.

[Argument] Tous les ouvrages sont concernés, qu'il s'agisse des deux premiers volumes de l'*Encyclopédie*, des *Lettres philosophiques* (1734) de Voltaire, qui sont brûlées, de son conte philosophique *Candide*, qui est condamné par l'Église, ou encore du roman *Émile ou De l'éducation* (1762) de Rousseau. En outre, pour éviter la censure en France, les auteurs privilégient le plus souvent la publication à l'étranger et/ou l'anonymat. Le *Discours sur l'origine et les fondements de l'inégalité parmi les hommes* (1755) de Rousseau est imprimé à Amsterdam, tout comme l'avaient été les *Lettres persanes* de Montesquieu en 1721. Enfin, les exils et les emprisonnements sont légion. Mais plus les philosophes sont inquiétés et plus ils défendent avec hargne la liberté d'expression, car elle symbolise toutes les autres libertés et aussi l'égalité entre les hommes. Cependant, si la censure sévit contre certains penseurs, durant la période révolutionnaire de 1789 c'est carrément la guillotine qui fera office de sanction. Ainsi, Olympe de Gouges, après la publication d'une ultime affiche contestataire, *Les Trois Urnes ou le Salut de la patrie*, montera sur l'échafaud en 1793. Même si ces œuvres ont connu la censure lors de leur parution, il n'en demeure pas moins qu'elles font toutes partie du patrimoine littéraire et qu'elles ont, chacune à sa manière, fait avancer l'histoire en bousculant les mentalités. Si les écrivains et penseurs rencontrent des obstacles à la publication de leurs œuvres à une époque qui n'est pas encore prête à les entendre, le combat pour l'égalité n'est jamais vain, car il n'est pas rare, des siècles plus tard, que des intellectuels fassent recouvrer à ces auteurs l'estime et la considération qu'ils avaient perdues.

[Argument] Ainsi, Louise Dupin (1706-1799), brillant esprit des Lumières, fut l'une des pionnières du féminisme avec son *Ouvrage sur les femmes* (1740), dans lequel elle livre des conceptions avancées pour l'époque, comme l'idée d'un contrat de mariage à durée limitée, l'égalité juridique entre époux, et où elle propose même de remplacer l'Épître de saint Paul, « Maris, aimez vos femmes ; femmes, obéissez à vos maris », par « Aimez-vous réciproquement et faites ensemble un commerce de votre amour et de votre raison qui vous rende heureux ». Si ce projet encyclopédiste féministe n'a finalement pas été publié, c'est en partie parce qu'à l'époque les femmes qui écrivent sont souvent raillées. Pourtant, ce texte et le combat de cette femme ne seront pas définitivement perdus, puisque, des siècles plus tard, Élisabeth Badinter[1] en parlera et précisera l'objectif de Madame Dupin : « faire une encyclopédie du

---

1. **Élisabeth Badinter (née en 1944)** : femme de lettres et philosophe de la condition féminine.

deuxième sexe qui démontrera une fois pour toutes l'égalité naturelle entre hommes et femmes ». Pour les féministes d'aujourd'hui, il faut réhabiliter, dans la mémoire collective, les combats menés par les femmes des siècles passés pour une stricte égalité des sexes. Ainsi, même si la *Déclaration des droits de la femme et de la citoyenne* d'Olympe de Gouges n'a pas eu les effets escomptés lors de sa parution en 1791, il n'en demeure pas moins que cette œuvre reste l'un des premiers textes fondateurs du féminisme et de la revendication des droits des femmes. Effectivement, parce qu'elle était une femme subversive et que l'on avait peur qu'elle devienne un exemple à ne pas suivre, Olympe de Gouges a été rayée de l'histoire : « elle a été guillotinée pour ses idées, évincée des manuels scolaires, effacée de notre mémoire collective », constate Benoîte Groult[1]. Si cette *Déclaration* était résolument trop moderne pour l'époque, elle contenait des revendications qui ont finalement abouti : le droit de voter, d'être élue et de siéger dans les assemblées, le droit à l'instruction, l'accès à tous les métiers, le droit au divorce, le droit à une liberté sexuelle, le droit de recherche en paternité, le versement des pensions alimentaires pour les enfants légitimes ou naturels, le concubinage. Les idées défendues par des auteurs considérés trop en avance sur leur temps finissent toujours par voir le jour, même des siècles plus tard.

[Bilan et réponse à la problématique] La littérature d'idées, qu'elle repose sur une argumentation directe ou indirecte, reste la meilleure arme des écrivains pour faire valoir le droit des hommes et des femmes à l'égalité. Cependant, les œuvres les plus engagées ont été publiées à une époque où la censure faisait rage et où la liberté d'expression n'était pas érigée en principe fondamental.

---

1. **Benoîte Groult (1920-2016)** : journaliste, écrivaine et militante féministe, lors d'une interview à l'occasion de la parution de son ouvrage *Ainsi soit Olympe de Gouges*, Grasset, 2013.

Vers le bac

Le combat mené par les écrivains et les écrivaines pour défendre l'égalité entre les hommes – et surtout entre les hommes et les femmes – n'a pas toujours eu l'effet espéré à l'époque même de leur publication, mais c'était sans compter sur la pugnacité de personnalités qui ont rendu plus tard leur prestige à ces hommes et ces femmes et à leurs œuvres. **[Ouverture]** Finalement, le combat pour l'égalité peut se mener à travers divers genres littéraires et notamment la littérature d'idées. Cependant, ce qui importe est que les mots soient suivis d'actions. Il reste donc aux hommes et aux femmes à mettre en pratique les revendications défendues pour que l'égalité demeure réellement.

✣ Explication linéaire

Postambule : de « Femme, réveille-toi » à « vous n'avez qu'à le vouloir »

Femme, réveille-toi ; le tocsin de la raison se fait entendre dans tout l'univers ; reconnais tes droits. Le puissant empire de la nature n'est plus environné de préjugés, de fanatisme, de superstition et de mensonges. Le flambeau de la vérité a dissipé tous les nuages de la sottise et de l'usurpation. L'homme esclave a multiplié ses forces, a eu besoin de recourir aux tiennes pour briser ses fers. Devenu libre, il est devenu injuste envers sa compagne. Ô femmes ! femmes, quand cesserez-vous d'être aveugles ? Quels sont les avantages que vous avez recueillis dans la Révolution ? Un mépris plus marqué, un dédain plus signalé. Dans les siècles de corruption vous n'avez régné que sur la faiblesse des hommes. Votre empire est détruit ; que vous reste-t-il donc ? la conviction des injustices de l'homme. La réclamation de votre patrimoine, fondée sur les sages décrets de la nature ; qu'auriez-vous à redouter pour une si belle entreprise ? le bon mot du législateur des noces de Cana ? Craignez-vous que nos législateurs français, correcteurs de cette morale, longtemps accrochée aux branches de la politique, mais qui n'est plus de saison, ne vous répètent : femmes, qu'y a-t-il de commun entre vous et nous ? Tout, auriez-vous à répondre. S'ils s'obstinaient, dans leur faiblesse, à mettre cette inconséquence en contradiction avec leurs principes ; opposez courageusement la force de la raison aux vaines prétentions de supériorité ; réunissez-vous sous les étendards de la philosophie ; déployez toute l'énergie de votre caractère, et vous verrez bientôt ces orgueilleux, non serviles adorateurs rampant à vos pieds, mais fiers de partager avec vous les trésors de l'Être suprême. Quelles que soient les barrières que l'on vous oppose, il est en votre pouvoir de les affranchir ; vous n'avez qu'à le vouloir.

Introduction

[Accroche] Olympe de Gouges est une auteure engagée, dont les écrits reflètent ses nombreux combats pour l'égalité et la justice non seulement entre les êtres humains, mais aussi entre les hommes et les femmes. Elle est, avant tout, une féministe qui, en 1791, a composé la *Déclaration des droits de la femme et de la citoyenne*, texte engagé faisant pendant à la Déclaration des droits de l'homme et du citoyen, adoptée le 26 août 1789, considérant que les femmes en avaient été les grandes oubliées. **[Présentation du texte]** Ce premier texte juridique en faveur des femmes contient un postambule, placé à la suite des dix-sept articles de la *Déclaration*. **[Lecture du texte]** « Je vais maintenant procéder à la lecture de cet extrait du postambule. » **[Problématique]** Nous nous demanderons en quoi ce texte est un appel à une prise de conscience féminine pour revendiquer une liberté de penser et d'agir, en vue d'une égalité entre les hommes et les femmes.

[Annonce des mouvements] Pour y répondre, nous identifierons trois mouvements : 1) les lignes 1 à 8 sont un appel convaincant à une prise de conscience ; 2) les lignes 8 à 22 vont davantage persuader les femmes qu'elles ont des droits à revendiquer ; 3) les lignes 23 à 32 reposent sur des conseils qui sont autant d'appels à agir.

Premier mouvement : un appel convaincant à une prise de conscience

Olympe de Gouges commence par interpeller directement la destinataire de son texte en employant le substantif « Femme » (l. 1). La cible de l'auteure est bien identifiée et elle établit avec elle une complicité certaine en la tutoyant, en employant le pronom possessif « tiennes » (l. 7) ou encore les impératifs « réveille-toi » et « reconnais » qui, de surcroît, expriment un ordre. Sa volonté est bien, d'emblée, de marquer les esprits, surtout les esprits féminins. Elle souhaite, avant tout, que la femme prenne conscience qu'elle doit agir, et l'incite à être active et non plus passive, comme le souligne le verbe « réveiller ». De plus, lorsqu'elle dit « reconnais tes droits », elle ordonne à la femme de prendre conscience qu'elle aussi, à l'instar de l'homme, a des droits.

En outre, afin de mieux faire passer son message et d'être convaincante, elle en appelle à la « raison » qui « se fait entendre dans tout l'univers » (l. 1-2). En effet, tous les êtres humains sont dotés de raison, d'esprit critique, donc les femmes aussi. Elle met alors en évidence la sensation auditive afin de renforcer son propos, puisqu'elle emploie le verbe « entendre » et le mot « tocsin » (l. 1), qui désigne des coups répétés sur une cloche pour donner l'alerte. La femme ne doit donc pas rester sourde à l'appel universel de la raison. Elle emploie une périphrase, « le flambeau de la vérité » (l. 4-5), qui désigne de manière symbolique la raison qui éclaire l'homme, d'autant plus qu'elle « a dissipé tous les nuages de la sottise et de l'usurpation ». Grâce à l'usage de la raison, l'homme n'est plus aveuglé par « la sottise » et « l'usurpation » (l. 5-6) ; il peut alors se libérer de tout obscurantisme, de toute illusion et de toute vérité imposée. Déjà, aux lignes 3 et 4, Olympe de Gouges notait que les hommes, dorénavant guidés par leur raison, n'étaient plus sous l'emprise de « préjugés, de fanatisme, de superstition et de mensonges ». Le contexte est favorable à une prise de conscience, puisque les vices qui régnaient auparavant ont disparu. Ces vices, mis en évidence par une énumération dépréciative, sont les « préjugés », opinions adoptées sans examen et souvent imposées, et les « mensonges » encadrant les termes « fanatisme » et « superstition », davantage liés à la religion et mettant ici en avant l'intolérance religieuse. La femme devrait donc pouvoir agir, n'étant plus sous l'emprise des pouvoirs politique et religieux.

Enfin, aux lignes 6 à 8, l'auteure a recours au champ lexical de l'esclavage pour étayer son argumentation : elle emploie des mots tels que « esclave », « briser », « fers » et « libre ». Si Olympe de Gouges compare métaphoriquement la condition de l'homme à celle d'un esclave, c'est pour insister sur le fait que l'homme prérévolutionnaire vivait sous le joug des autorités politique et religieuse, qui l'empêchaient de penser par lui-même, et donc d'être libre. Or l'homme a agi, puisqu'il « a multiplié ses forces » et qu'il a fini par « briser ses fers ». Si l'homme s'est libéré, c'est aussi grâce à l'aide des femmes, comme l'explicite l'auteure aux lignes 6 et 7 : « L'homme [...] a eu besoin de recourir aux tiennes », phrase où le pronom possessif « tiennes » remplace « forces ». De plus, l'antithèse entre les termes « esclave » et « libre » montre qu'il n'y a qu'un pas qui sépare l'esclavage de la liberté, et il doit s'accomplir en faisant appel à la raison.

Ce premier mouvement se termine sur une note négative, puisque « l'homme, devenu libre, [...] est devenu injuste envers sa compagne » (l. 8). Même si cet homme a acquis la liberté et si la femme qui l'accompagne a été d'une aide précieuse, il n'a aucune reconnaissance envers cette dernière. Il faut donc réparer cette erreur.

[Transition] Après avoir fait prendre conscience aux femmes qu'elles devaient « se réveiller » en étant convaincante dans ses propos, Olympe de Gouges va davantage faire appel à l'émotion pour persuader ses lectrices.

Deuxième mouvement : un appel plus persuasif

Contrairement au début du texte, où l'auteure tutoyait sa destinataire, Olympe de Gouges adopte le vouvoiement à travers le pronom personnel sujet « vous » (l. 9-22) et le déterminant possessif « votre » (l. 13). De plus, elle s'adresse plus universellement aux femmes en utilisant la marque du pluriel : « femmes » (l. 9).

Mais ce qui importe ici, c'est surtout le changement de ton employé par l'auteure. Elle se veut plus expressive afin de toucher le cœur des femmes et ainsi les persuader. Son appel à l'émotion réside dans l'emploi de l'interjection pathétique « Ô », qui sert à interpeller les femmes tout en exprimant un vif sentiment, comme l'indignation face à leur manque de clairvoyance et donc leur inaction, ce que sous-entend la phrase interrogative « quand cesserez-vous d'être aveugles ? ». Ici, Olympe de Gouges ne fait que les placer face à leur aveuglement certain et leur suggère d'ouvrir les yeux sur leur situation.

En outre, la ponctuation expressive est de mise, puisque nous relevons un point d'exclamation (l. 9) suivi de six phrases interrogatives directes, se terminant par un point d'interrogation, et partielles, car on ne peut pas y répondre simplement par « oui » ou par « non ». Ces phrases interrogatives permettent à Olympe de Gouges d'interpeller les destinataires de son texte. En effet, ces questions rhétoriques (ou questions oratoires) ont une valeur d'affirmation ou alors n'attendent pas de réponse : elles sont utilisées pour mettre les femmes face à la réalité. Si la Révolution a eu des répercussions positives pour les hommes, l'auteure demande aux femmes ce qu'il en est pour elles : « Quels sont les avantages que vous avez recueillis dans la Révolution ? » (l. 10-11).

Elle souhaite mettre celles-ci face à leurs déconvenues, sans qu'elles aient besoin de répondre à cette question puisqu'elle s'en charge elle-même : « Un mépris plus marqué, un dédain plus signalé » (l. 11-12). La réponse repose sur un parallélisme de construction qui reprend syntaxiquement les mêmes groupes de mots, « Un mépris plus marqué » et « un dédain plus signalé », permettant ainsi d'insister sur le manque de considération des femmes et de leurs droits. En outre, nous relevons ici des pléonasmes, avec l'emploi de synonymes : « dédain » et « mépris », puis les participes passés « marqué » et « signalé ».

Ensuite, Olympe de Gouges évoque le passé : « Dans les siècles de corruption vous n'avez régné que sur la faiblesse des hommes » (l. 12-13). Elle fait ici allusion aux temps troublés avant la Révolution, puis, en changeant les temps des verbes et en passant du passé composé (« avez régné ») au présent (« est », l. 13), elle montre que dorénavant, depuis la Révolution, l'emprise des femmes sur les hommes n'est plus : « Votre empire est détruit » (l. 13), écrit-elle. Si, auparavant, les femmes exerçaient un certain pouvoir sur les hommes, comme le souligne l'emploi du verbe « régner », ce n'était dû qu'à leur « faiblesse » ; elles ne les gouvernaient que parce qu'ils étaient eux-mêmes défaillants. La restriction de la portée de leur pouvoir est mise en avant par la phrase négative « vous n'avez régné que sur la faiblesse des hommes », construite sur une négation syntaxique restrictive (emploi de l'adverbe « ne » suivi de la conjonction « que »), montrant que le pouvoir des femmes sur les hommes est limité.

Olympe de Gouges poursuit avec une nouvelle question, « que vous reste-t-il donc ? », à laquelle elle répond directement en ces termes : « la conviction des injustices des hommes » (l. 14-15). Elle veut persuader les femmes qu'elles ne sont pas reconnues à leur juste valeur par les hommes, et qu'une iniquité persiste ; c'est pourquoi elle utilise le mot « injustices ». Les hommes ne sont pas reconnaissants de l'implication des femmes dans la période révolutionnaire, et les seuls « avantages » (l. 10), pour reprendre le propos ironique de l'auteure, qu'elles ont gagnés sont, paradoxalement, un manque de considération extrême : cela est identifié, dans le texte, par l'accumulation de mots dévalorisants, tels que « mépris », « dédain » et « injustices ». Olympe de Gouges poursuit sur cette idée d'injustice, puisque les femmes devraient avoir le droit de faire une « réclamation de [leur] patrimoine, fondée sur les sages décrets de la nature » (l. 15-16). Autrement dit, elle leur explique qu'elles peuvent demander, voire exiger, d'être prises en compte et donc de jouir à leur tour de droits qui leur sont dus. Elle insiste sur le fait que ces demandes seraient naturelles, puisqu'elles seraient fondées sur « les sages décrets de la nature ». L'emploi de l'adjectif « sages » pour qualifier « décrets » permet une critique déguisée des décrets conçus par les hommes, qui, eux, sont loin d'être raisonnables. Olympe de Gouges dit bien que, si les femmes réclamaient leurs droits, ce serait une « belle entreprise ».

Cette « réclamation » ne doit pas être empêchée par la peur des représentants qui font les lois, tels que le Christ en matière de religion, désigné par la périphrase « législateur des noces de Cana » (l. 17-18), ou encore les « législateurs français » (l. 18-19), désignés comme des « correcteurs » qui symbolisent la justice. Les lignes 19 à 21 permettent aussi à Olympe de Gouges de signifier qu'en 1791 la séparation des pouvoirs est de mise et que, donc, la justice et la politique sont bien distinctes : « cette morale [de la justice], longtemps accrochée aux branches de la politique, mais qui n'est plus de saison ». Les femmes n'ont donc pas à craindre la justice divine ni celle des hommes.

Enfin, les femmes doivent être les égales des hommes et, si ces derniers osent demander : « qu'y a-t-il de commun entre vous et nous ? », sous-entendant ironiquement que les femmes sont dépourvues des qualités essentielles à leurs yeux, il faut que les femmes puissent répondre « Tout » (l. 22) pour, au contraire, marquer leur égalité avec eux.

[Transition] En persuadant les femmes qu'elles sont dans leur bon droit de réclamer une reconnaissance de la part des hommes et une égalité entre les sexes, Olympe de Gouges blâme les hommes. Elle poursuit son texte en appelant donc les femmes à agir.

Troisième mouvement : des conseils pour agir

Olympe de Gouges prodigue ses conseils aux femmes dans le cas où les hommes continueraient à leur refuser la considération qu'elles méritent. Ce troisième mouvement commence ainsi par une proposition subordonnée circonstancielle de condition, introduite par la conjonction « si », exprimant une hypothèse, et suivie d'un verbe à l'imparfait.

Ensuite, par le biais de formes impératives, elle énumère trois conseils reliés par des propositions juxtaposées (l. 25-28). Le premier est : « opposez courageusement la force de la raison aux vaines prétentions de supériorité » (l. 25-26). L'auteure pousse les femmes à mettre en œuvre leur force de caractère, idée soulignée par l'emploi de l'adverbe de manière « courageusement », ce qui leur permettrait d'affronter des obstacles. Effectivement, elles doivent faire preuve d'esprit critique, autrement dit de « raison » (l. 25), pour affronter – idée soulignée par le verbe « opposer » – les « vaines prétentions de supériorité » qui désignent l'outrecuidance des hommes qui font les lois pour les femmes. Ainsi, ces « législateurs », dont il est question dans le mouvement précédent, sont décrits comme des hommes qui se pensent supérieurs aux femmes, mais Olympe de Gouges montre que cette idée est illusoire, car il ne s'agit que de

« vaines prétentions » – autrement dit, leur arrogance est insignifiante car elle n'a aucun fondement. En outre, le fait d'employer le groupe nominal pléonastique « prétentions de supériorité » permet à l'auteure d'insister sur cette idée : en effet, les deux mots « prétentions » et « supériorité », qui ont une signification voisine, sont ici redondants.

Par la suite, la force de caractère, dont il était question lors du premier conseil prodigué, est encore de mise, aux lignes 27 et 28, à travers le troisième conseil : « déployez toute l'énergie de votre caractère ». Olympe de Gouges invite les femmes à montrer de la personnalité ; c'est donc d'elles que tout dépend.

Auparavant, à la ligne 26, le deuxième conseil était : « réunissez-vous sous les étendards de la philosophie ». Elle demande aux femmes de s'unir sous le signe de ralliement de la « philosophie », laquelle, étymologiquement, signifie « amour de la sagesse » et met en exergue l'idée de réflexion et d'esprit critique qui doit les guider.

De plus, à l'arrogance des hommes, l'auteure ajoute un autre défaut : l'orgueil. Elle emploie le substantif « orgueilleux », précédé du déterminant démonstratif « ces », connoté négativement ici (l. 28). Ce vice est l'un des sept péchés capitaux et Olympe de Gouges se réfère bien à la religion, aux lignes 29 et 30, avec le mot « adorateurs » et la périphrase « Être suprême » qui désigne Dieu. Elle veut signifier que, face à Dieu, les hommes et les femmes sont égaux et qu'il ne tient donc qu'à elles d'agir afin que « ces orgueilleux [soient] fiers de partager avec [elles] les trésors de l'Être suprême ». C'est donc aux femmes de prendre en main leur destin et de faire en sorte qu'elles se placent sur le même pied d'égalité que les hommes. Olympe de Gouges insiste sur cette égalité, notamment en employant le verbe « partager » (l. 29-30) et en montrant qu'elle ne souhaite pas que les hommes soient dominés par les femmes, « non serviles adorateurs rampant à vos pieds », écrit-elle aux lignes 28 et 29.

Le troisième mouvement s'achève par un précepte qui met en exergue un verbe de volonté, « vouloir », lequel résume bien la pensée de l'auteure dans ce texte. En effet, il faut d'abord que les femmes prennent conscience de leur condition et qu'elles veuillent bien faire appel à leur raison afin de devenir libres et ainsi s'affirmer devant les hommes. Si les femmes rencontrent des obstacles, comme le suggère l'emploi des mots « barrières », « opposer » et « affranchir », et donc si leur liberté est entravée, il ne tient qu'à elles de le dénoncer : c'est en leur « pouvoir » (l. 32), écrit-elle.

Conclusion

[Bilan et réponse à la problématique] Cet extrait du postambule de la *Déclaration des droits de la femme et de la citoyenne* utilise le registre oratoire afin de marquer les esprits des femmes, pour leur faire prendre conscience qu'elles doivent revendiquer : leur liberté de penser, en faisant notamment appel à la raison ; leur droit d'agir, si elles veulent jouir d'une plus grande liberté et être sur le même pied d'égalité avec les hommes. Olympe de Gouges se veut, ici, à la fois convaincante et persuasive. **[Ouverture]** Nous pouvons rapprocher ce texte de la devise des Lumières, formulée par le philosophe allemand Emmanuel Kant et issue de son essai *Qu'est-ce que les Lumières ?* (1784) : « Aie le courage de te servir de ton propre entendement. » C'est effectivement en faisant usage de sa raison que la femme pourra s'émanciper et vivre libre.

Questions de grammaire :

- la négation
- l'interrogation
- la proposition subordonnée circonstancielle

PAPIER À BASE DE FIBRES CERTIFIÉES

LAROUSSE s'engage pour l'environnement en réduisant l'empreinte carbone de ses livres. Celle de cet exemplaire est de : 300 g éq. CO_2
Rendez-vous sur www.larousse-durable.fr

Impression : Rotolito S.p.A. (Italie)
Dépôt légal : mai 2021 – 327775/04
N° de projet : 11050512- mars 2022